사랑하면 산티아고로 떠나라, 그녀처럼

초판인쇄 2015년 4월17일
초판발행 2015년 5월5일
지 은 이 이수아
옮 긴 이 이봉수
펴 낸 이 전승선
펴 낸 곳 자연과인문
대표전화 02-735-0407
팩   스 02-744-0407
주   소 서울 종로구 삼일대로 58-1
홈페이지 http://jibook.net
이 메 일 jibooks@naver.com
출판등록 제300-2007-172호

ⓒ2015
ISBN 9791186162033 03840
책 값 15,000원

이 책은 저작권법에 따라 보호를 받는 저작물이므로 무단복제와 무단전재를 금
하며 이 책의 내용의 전부 또는 일부를 이용하려면 반드시 저작권자와 자연과인
문의 서면동의를 받아야 함

사랑하면
소리야고로
떠나라고
그녀처럼

이 수 아

contents

★ 옮긴이의 글

★ 축하의 시

★ 프롤로그

'엘 까미노 데 산티아고' 참 이국적인 말이다. 프랑스의 생
장 피에드포르에서 스페인의 산티아고 데 콤포스텔라까지
가는 장장 800km의 도보여행 순례길이다. 예수의 12제자
중 한명인 야고보가 땅 끝까지 복음을 전파하기 위해 걸어
간 성스러운 이 길을 아주 특별한 한 여인이 사랑의 십자
가를 지고 다시 걸어갔다. 그녀는 1970년에 한국에서 태어
나 두 살 때 아버지를 따라 영국으로 이주하여 영국황태자
가 후원하는 스코티시 챔버 오케스트라의 수석 첼리스트가
된 이수아다.

그녀는 영국 스코틀랜드의 스코티시 챔버 오케스트라에서
유일한 동양인이다. 백인사회의 편견과 오만에 맞서 당당
하게 수석 첼리스트로 성공한 그녀는 오로지 일만 사랑하
는 독신주의자였다. 전 세계를 돌아다니며 수많은 사람들
을 만나고 다양한 음악을 연주하는 자유로운 영혼의 그녀에
게 음악은 매혹적이고 환상적인 삶의 동반자로 그 어떤 것
과도 바꿀 수 없는 것이었다. 첼리스트로서의 그녀는 예술
을 향한 뜨거운 열정만으로도 늘 바쁘고 행복해서 다른 일

에 눈을 돌릴 틈이 없었다. 명쾌하고 솔직하고 열정적인 그녀의 라이프스타일은 누구나 부러워할만한 완벽하고 깊이 있는 삶이었다.

그런 그녀에게 알 수 없는 운명이 다가왔다. 사랑을 꿈꾸게 만든 단 한사람, 그녀의 심장에 가장 빛나는 격정의 시간을 관통하게 한 그는 불행하게도 시한부 삶을 앞둔 사람이었다. 그녀가 우연히 영국공군 전투기 조종사였던 고든을 만나 강렬한 사랑에 빠진 것은 2012년의 일이다. 고든은 그 때 말기 피부암을 앓고 있었으며 죽음을 예견하고는 생을 정리하고자 스페인의 '산티아고 순례길'을 걷고 있었다.

고든이 대장정의 800km 순례를 하는 동안 둘은 계속 메일로 서로를 교감하며 숭고한 사랑을 키워갔다. 고든은 이 순례여행 중에 자신과 같은 암을 앓고 있는 사람들을 위해 암환자 자선기금으로 17,447파운드 50센트를 모금하여 스코틀랜드에 있는 암환자를 위한 자선단체에 기부했다. 이 순례를 마친 후 그해 7월에 처음 만난 이들은 확신에 찬 사랑의 노래를 마음껏 부르며 지상에서 가장 행복한 연인이 되었다. 이 두 사람은 이듬해인 2013년 3월에 눈물의 결혼식이 아닌 축복의 결혼식을 에든버러성에서 올렸다.

첫사랑과 단숨에 결혼한 수아는 결혼식을 하면서 고든이 곧 죽을 것이라는 것을 알고 있었다. 고든도 자기의 생이 얼마 남지 않았다는 것을 예감하고 있었다. 더욱 놀라운 사실은 뉴욕에 살고 있는 수아의 아버지인 이태상 재미작가가 두 사람의 결혼을 축복해 주기 위해 먼 길을 비행기로 날아와 영국 에든버러성에서 열린 결혼식에 참석한 것이다. 오직 딸의 선택을 믿고 존중해준 아버지의 사랑은 참으로 인간적이었다. 이태상 작가는 평소에 "우리 가슴 뛰는 대로 살자"고 외치며 여러 권의 저서를 낸 분으로 팔순을 바라보면서도 순수를 잃지 않는 영원한 청년작가이다.

두 사람이 결혼을 한 후 5개월 뒤인 그해 8월에 고든은 하늘로 갔다. 만남에서 이별까지 15개월간의 정열적이며 숭고한 이들의 사랑이 막을 내린 것이다. 아니다. 그들의 사랑은 이제부터 다시 시작된 것이다. 생전에 고든이 생을 마감하기 전에 걸었던 그 길을 다시 수아가 걸었다. 고든과의 아름다운 추억도 되새기면서 암으로 고생하는 사람들을 위하여 바통을 이어받은 수아는 다시 머나먼 산티아고 순례길을 한 달 이상 걸어갔다.

그녀의 사랑은 공간과 시간을 뛰어넘어 새롭게 시작되고 있었다. 그녀가 걷는 길마다 고든이 있었다. 힘들고 지칠 때마다 어디선가 나타나 힘을 주었다. 그 길 위에서 세계 각국의 친구들을 만나 용기와 격려를 받았고 그들은 기꺼이 암환자 자선기금 모금에 동참해 주었다. 세계 각국에서 온 친구들과 순례길을 걸으며 그녀는 고든보다 두 배 이상의 돈을 모금하여 그가 설립한 '고든 데이비슨 기념재단'에 기부했다. 고든과의 약속을 지킨 그녀는 결코 고든이 이 세상에

없다는 생각을 할 수 없었다. 고든은 그녀를 떠나지 않았고 그녀도 고든을 떠난 적이 없는 이 생애에 완벽한 사랑을 이룬 커플이었다.

나는 수아의 아버지 이태상 작가와의 인연으로 수아에 대한 이야기를 익히 알고 있었다. 그러던 중 수아의 순례기를 책으로 펴낸다는 이야기를 듣고 기쁘고 행복한 마음으로 기꺼이 수아의 글을 번역하게 되면서 우리가 사는 지구에 아직도 이런 사랑이 남아 있다는 사실에 새삼 놀랐다. 물질에 따라 모두가 이성을 맹신할 때 진정한 감성을 마음 안에서 실천한 그들의 사랑이 이 허허롭고 고독한 세상에 존재한다는 것은 깊은 산속에서 옹달샘을 만나는 것과 같았다. 끝없는 '엘 까미노 데 산티아고' 순례길 위에 서 있는 그들의 순결한 사랑을 바라보며 세상은 아직도 살만하다는 생각을 하지 않을 수 없었다. 언젠가 시간이 나면 나도 수아와 고든을 만나러 산티아고 길을 걸어 가봐야겠다. 그 길 위에는 마법처럼 또 다른 고든과 수아가 있을 것이다.

2015년 봄에
옮긴이 이봉수

To The Couple I Do Not Know

내가 알지 못하는 남녀 한 쌍에게

※ 미국의 시인이며 미국출판사 Mayhaven Publishing, Inc. 대표인 Doris R. Wenzel이 고든과 수아
의 결혼을 축하하며 보낸 시

I have never met those two young people
Impressing those who know them,
Inspiring those who don't.

내가 만난 적은 없어도 이 두 젊은 남녀는
이들을 아는 사람들에게 깊은 인상을 주고
이들을 모르는 사람들에게도 큰 감동을 주네.

I have never met those two young lovers,
Wrapped in devotion to one another.
Celebrating life alone and with others.

내가 만난 적은 없어도 이 두 젊은 연인들은
서로에 대한 헌신으로 똘똘 뭉쳐 오롯이
호젓하게 그리고 다른 사람들과 함께
삶의 축배를 높이 드네.

I have never met those two sweet souls
Securing a world of their own
While creating a lingering melody for the world.

내가 만난 적은 없어도 이 두 사랑스런 영혼들은
자신들만의 세상을 만들어 전 세계에 여운으로
남는 감미로운 멜로디를 창조하네.

영국공군 전투기 조종사였던 사랑하는 남편 고든을 피부암
으로 보내고 나서 나는 그와의 약속을 지키기 위해 비행기
표를 샀다. 프랑스령 피레네산맥 쪽에 있는 생 장 피에드포
르에서 스페인의 산티아고 데 콤포스텔라까지 가는 험하고
힘겨운 800Km의 대장정 길이다.

걸어가면서 나도 생전의 남편처럼 에든버러에 있는 암치료
자선기금 단체에 기부할 후원금을 모금하기로 했다. 이 기
금은 남편과 나를 헌신적으로 보살펴 준 은인 같은 존재였
다. 그들이 모금한 기금의 도움이 없었다면 우리 부부가 경
험했던 고귀한 시간은 없었을 것이다.

전에 고든이 이 순례길을 걸으며 17,447파운드 50센트를
모금했었다. 나는 그의 기록을 깨기로 결심했다. 출발하기
전에 준비가 미흡했지만 결과는 대 성공이었다. 나는 그가
모금한 것 보다 얼추 두 배를 모금했다.

마음씨 고운 기부자들과 나 자신, 그리고 고든을 위해서 이 순례 여정을 기록하며 글로 썼다. 걸어가는 길에 많은 사람들로부터 따뜻한 격려와 용기를 주는 메시지를 받았다. 그런데 더욱 놀라운 소식이 아버지로부터 전해 왔다. 한국에 있는 출판사에서 나의 글을 책으로 내겠다는 소식이었다. 나는 그분들이 이토록 관심을 보여주는 것에 대해 무척 감사할 뿐이다.

나는 순례길을 걷는 일에 시간을 거의 썼지만 글을 쓰는 데에도 많은 시간을 할애했다. 낮에는 시간을 낼 수 없어 밤에 순례길 숙소에 있는 삐걱대는 침대에서 주로 글을 썼다. 불행 중 다행이랄까. 글을 쓰는 기간에 나는 일 년에 한번 씩 겪는 불면증을 앓고 있었다. 그러나 깨어 있다는 것이 문제가 되지는 않았다. 이런 어려움에도 불구하고 글 쓰는 작업과 그 과정에 감사했다. 그것은 여행 중에 일어나는 내 생각들과 사건들을 정리하고 간추리며 성찰하는데 많은 도움

이 되었기 때문이다.

순례를 하는 내내 나는 이미 고인이 된 고든과 함께 걸었으
며 함께 호흡했다. 그만큼 이 순례의 길은 내게 특별했다.
이 순례는 영원한 이별이 아닌 영원한 사랑을 완성하는 진
실함에 대한 실천이었다. 이 실천은 사실 내 자신과 마주하
는 혹독하고 고단한 일이지만 이 순례의 여정이 주는 그 자
체를 사랑하지 않을 수 없었다.

하지만 고통은 때때로 나를 찾아와 힘들게 하기도 했다. 느
닷없이 눈보라가 치기도 하고 비바람이 몰려오기도 했으며
때로는 쨍쨍 내리쬐는 햇볕과 마주해야 했다. 이처럼 변화
무쌍한 기후와 대적하면서 따뜻한 한 끼의 식사가 그립기도
한 날들도 많았고 숙소를 구하지 못해 발을 동동 구른 날들
도 있었다. 어느 날은 느닷없이 똥통에 빠져 온통 똥냄새를
뒤집어쓴 일도 있었다. 이런 예측 할 수 없는 일들이 있었지

만 이 순례에 있어서 큰 문제가 되진 않았다. 이 모든 고통을 극복하고 고든과의 약속을 지킬 수 있었던 것은 '사랑'이라는 위대한 힘 때문이라고 나는 굳게 믿었다.

나는 내 글을 읽는 독자들이 나와 함께 여행을 떠나는 것처럼 상상하며 산티아고의 아름답고 깊은 내면의 세계를 만나라고 말하고 싶다. 세상에서 가장 외롭고 가장 아름다운 길이기에 한 번쯤은 당신이 원하는 진실에 도달할 수 있을 것이라고 생각한다. 그리고 당신의 인생에 여행을 위한 계획이 있다면 실제로 산티아고 순례길을 직접 걸어 가보라고 권하고 싶다. 한 번에 다 걸어야 할 필요는 없고 인생행로에서 한 발자국씩 걷다 보면 결국은 당신이 원하는 것을 이루어내고 말 것이기 때문이다.

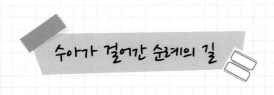
수아가 걸어간 순례의 길

산티아고 데 콤포스텔라

아스투리아스

칸타브리아

바스크

팜플로

갈리시아

카사몰라

레온

나바

사하군

부르고스

로그로뇨

라리오하

카스티야레온

SPAIN

PORTUGAL

마드리드

에스트레마두라

카스티야라만차

안달루시아

무

FRANCE

● 생장피에드포르

카탈루냐

생장피에드포르 ⋯ 라라소냐 ⋯ 팜플로냐 ⋯ 에스테야 ⋯ 끼라우끼 ⋯ 토레스 델 리오 ⋯ 비아나 ⋯ 로그로뇨 ⋯ 산토 도밍고 데 라 칼자다 ⋯ 나제라 ⋯ 부르고스 ⋯ 호르닐로스 델 까미노 ⋯ 혼타나스 ⋯ 이테라데 라 베가 ⋯ 사앙군 ⋯ 렐리에고스 ⋯ 루이텔란 ⋯ 레온 ⋯ 아스토르가 ⋯ 오 세브레이로 ⋯ 폰프리아 ⋯ 크루즈 데 페로 ⋯ 산마르메드 ⋯ 사리아 ⋯ 포르토 마린 ⋯ 카사몰라 ⋯ 산 훌리안 ⋯ 멜리데 ⋯ 플레리아 ⋯ 카사베르데 ⋯ 산티아고 데 콤포스텔라

내가 순간들을 붙잡는 것이 아니라
순간들이 나를 붙잡아 준다.

camino 하나

걷는 것의 단순함

순례여행에서 나의 첫 번째 기록이다. 기록자가 되는 것은 처음 접하는 일이라 상당히 힘든 작업이다. 이제 3일째인데 온종일 하는 일이라고는 걷는 것 밖에 없었다. 걷는 것이 비록 단순한 일이지만, 내 발과 몸을 보호하는 것부터 지도 보는 법과 위치 찾기 등 해야 할 많은 일들이 있고 생각해야 할 것들도 많다.

나는 고든을 보내고 나서 정말 엄청나게 바쁘게 지냈다. 정신없는 업무 스케줄은 사람을 녹초가 되게 했다. 게다가 계속된 불면증으로 인한 수면부족은 바쁜 일과에 전혀 도움이 되지 않았다. 그러나 어색하고 갑작스런 홍역을 한바탕 치르고 나니 이제 강력 드라이브는 오히려 아주 정상적인 상황을 만들어 주었다.

지난 10월에 비행기 표를 예약하고 나서 순례는 나의 가장 큰 관심사가 되었다. 그것은 결국 내 인생에 있어서 지난 이삼 년 동안 일어났던 엄청난 사건에 대해 생각하는 시간을 허락했다. 마치 글자 그대로 내게 심원한 사랑과 생에 대한 '지름길'에 있었던 것처럼 느껴졌다.

난 지금 팜플로냐에 있는 숙소 방안 제일 꼭대기 칸 침대에서 오른발을 벽에 걸치고 침낭 속에 누워 있다. 친구 로젠나와 칸막이를 사이에 두고 퉁퉁 부어오른 발을 위해 할 수 있는 일의 전부이다.

사랑하면 산티아고로 떠나라, 그녀처럼

맨 처음 발의 불편함이 느껴졌을 때 콤패드 실리콘으로 만든 일회용 반창고를 사용하여 지금까지는 발에 물집은 생기지 않았다. 나는 지금 그걸 다섯 개나 발랐다. 신기하게 통증도 없어지고 편안하다. 이미 두 개는 써서 버리고 다시 채워 넣었다. 콤패드가 없던 시절의 하이킹은 상상도 할 수 없다.

사람의 발에 심각한 영향을 주는 걷기는 내게 놀라운 경험이다. 무엇보다도 복숭아뼈가 많이 부어오르고 종지뼈가 깨진 것처럼 느껴졌다. 나는 미친 사람처럼 하나하나 무게를 달아가며 챙겨 넣었던 물건들에게 깊은 고마움을 느꼈다.

내 침상 아래에 있는 미국 여인 펄은 엉덩이 근육이 늘어나 벌써 숙소에 붙어있는 병원으로 후송되었다. 나는 그녀에게 내가 갖고 있던 코데인 함량이 높은 진통제 파라세타몰을 반 이상을 주어버렸다. 이 모두가 짐을 가볍게 하는데 도움이 됐다.

내 순례의 기록은 갈 길이 멀고 험난하다는 것을 안다. 나는 잠시 멈추고 밖으로 나가 팜플로냐 거리의 식당가에서 허기진 배를 채우고 다시 재충전하며 이 멀고 험한 순례가 순조롭게 잘 마치길 바랐다. 이것이 여행 중 나의 첫 기록이며 노트북을 최대한 활용하여 기록을 하면서 순례의 끝에 도달할 것이다. 그것은 내가 순례의 순간들을 붙잡는 것이 아니라 순간들이 나를 붙잡아 줄 것이기 때문이다.

평화로운 숲속에서 들리는 새들의 노래 소리와 아름답고 경이로운 자연은
종교보다 위대하다.

팜플로냐에서의 순례

어제 밤에 나도 모르게 팜플로냐에서 약간의 모험을 했다. 저녁을 먹기 위해 프랑크를 만나면서 모험은 시작되었다. 프랑크는 나를 미슐랭스타가 붙은 고급 레스토랑으로 초대했다. 이 고마운 초대를 어찌 거절할 수 있겠는가. 하지만 레스토랑은 저녁 9시가 되도록 문을 열지 않았다. 그래도 어쩔 것인가. 내 마음속의 새로운 순례를 위해 문이 열리기를 기다렸다.

프랑크는 리히텐슈타인에서 온 재미있는 사람이다. 전날 저녁에 라라소냐의 숙소에서 12명을 위한 요리를 하면서 그를 만났다. 나는 오스트리아에서 온 인간미 넘치는 젊은 부부인 제이드 그리고 죠지와 함께 요리를 하고 있었다. 프랑크는 맛있는 리오하 와인 여러 병을 테이블로 갖고 왔다. 다음날 아침 숙소에는 얼떨떨하게 술이 덜 깬 사람들이 많았다.

팜플로냐에서 저녁식사를 마치고 나서, 나는 프랑크에 대해 좀 더 많이 알 수 있었다. 그는 전 세계에서 발과 입으로 그림을 그리는 미술가들이 만든 회사의 이사로 있다가 최근에 퇴임했다. 내 방 벽에는 아마도 그의 회사 소장품 중 하나였던 어느 한국인 예술가가 그린 그림이 하나 붙어 있었다. 그것은 오래전에 어머니가 내게 준 것이다.

프랑크는 62세이며 두 가지 암에 걸렸으나 살아남았다. 그는 매일 10kg이나 되는 세탁비누 봉지를 배낭에 넣고 산을 달려 오르면서 믿기 힘들 정도로 건강이 좋아졌다.

그는 와인을 수집한다고 했다. 내가 와인을 얼마나 좋아하는지를 아는 분들이라면 이것이 얼마나 재미있는 일인지 알 것이다. 그는 7,000병 이상의 이탈리아산 매그넘 와인을 수집했다. 그러고 나서 그는 이 와인을 위해 꿈같은 저장고를 만들었다. 거기에는 12명의 손님을 초대하여 즐길 수 있다고 한다. 오, 맙소사!

사랑하면 산티아고로 떠나라, 그녀처럼

이처럼 꿈같은 저녁을 보내고 나서 내게 어떤 일이 생겼는지 상상해 보시라. 즐거운 마음으로 숙소로 돌아왔더니 성채 같은 커다란 문은 굳게 닫혀있고, 11시에 문을 닫는다는 팻말이 걸려있었다. 옆방에 있는 제이드와 죠지에게 휴대폰 문자를 보냈으나 답이 없었다. 그리고는 내 휴대폰 배터리마저 나가버렸다.

나는 팜플로냐에서 철저하게 혼자 빈손으로 남았다. 내가 할 수 있는 단 한 가지를 생각했다. 나는 그 레스토랑으로 다시 가서 주인에게 "나는 순례자이며 내 숙소 문이 잠겼다"고 말했다. 그러면서 혹시 샤워를 할 수 있는 곳이 없어도 좋으니 작은 침대만 하나 달라고 사정을 했다. 그들은 너무나 친절했고 돈도 받지 않았다. 내 사랑 스페인! 순례길 만세!

사랑하면 산티아고로 떠나라, 그녀처럼

이상하게도 잠을 깊이 잘 수가 없었다. 밤새 뒤척거리며 오지 않는 잠과 씨름했다. 도무지 시간을 알 방법이 없었다. 방에는 창문도 없고 내 휴대폰은 꺼진지 오래였다. 새벽 4시에 바깥에서 방황하지 않으려면 안에서 기다리는 수밖에 없었다. 결국 내가 일어났을 때 해는 중천에 떠있고 벌써 8시 35분인 것을 보고는 너무 놀랐다. 내 안의 새로운 순례에서 또 늦었다. 숙소는 완전히 비었고 대부분의 사람들은 6시에 일어나 7시쯤 떠났다고 했다.

오직 걷기만 했다. 그렇게 19km 정도 갔을 때 뭔가 따라잡아야 할 것 같은 생각이 들었다. 나는 하루에 평균 25km 정도 가야 한다는 것을 알고 있었다. 마음을 다잡고 열심히 걸었다. 그러나 내 육체는 확실히 좀 덜 걷는 날에 무척 고마워할 것이다.

오늘 날씨는 찬란하고 더 많은 사람들이 순례길 위에 있었다. '아버지의 날'을 축하하는 가족들, 연인들, 개와 함께 걷는 사람, 달리는 사람, 자전거를 탄 사람이 늘어섰다. 국제적 순례행렬에 매혹당한 지역 사람들과 즐거운 대화를 나눴다.

오늘은 가도 가도 지평선뿐인 탁 트인 경치가 나를 맞이했다. 너무나 아름답고 경이로웠다. 이 끝없는 지평선을 걷기 전에 나는 평화로운 숲속에서 자지러지는 새들의 노래가 들리던 숲 속 길을 걸었었다. 새들의 노랫소리가 어찌나 청아하고 고왔던지 나는 그 소리를 집으로 가져가기 위해 녹음을 해 두었다.

어제의 통증은 이제 아킬레스건 쪽으로 옮겨졌다. 아마 내가 지금 순례길에서 제일가는 느림보임에 틀림없다. 오늘은 예외 없이 모두가 나를 앞질러 갔다.

유머 감각이 뛰어나고, 악의 없이 수다를 떠는 사람들은
천진한 어린아이와 같다.

camino 셋

달콤한 도취

오늘이 오일 째다. 기분이 너무 좋았다. 이것은 여러 요인이 복합된
것이다. 아마도 직접적인 원인은 깔리모쉐라고 하는 카페인과 설탕
이 혼합된 음료를 많이 마셨기 때문일 것이다. 이것은 레드와인과 코
카콜라를 얼음에 섞어 만든 것이다. 예전에 몰랐던 깔리모쉐를 더 시
키지 않을 수 없었다.

오늘 오후에 에스테야 시내를 탐방하다가 해거름의 햇살을 받으며
강변 주점에 앉아 있는 네 명의 사람들을 보았다. 그 중 두 명은 라
라소냐에서 간단한 대화를 나눴던 사람들인데, 여기까지 오면서 아
직 만나지 못했었다. 너무 반가워서 인사를 하려고 깡충깡충 뛰면
서 달려갔다. 맙소사! 내가 잊어버리고 이야기 하지 못할 뻔 한 것
이 하나 있는데 그 중 한 명은 무릎보호대를 모자처럼 머리에 뒤집
어쓰고 있었다.

약간의 깔리모쉐를 마시고 나서 우리 모두는 친구가 되었다. 정말 재미있는 사람들이다. 유머 감각이 뛰어나고, 악의 없이 수다를 떠는 능력들이 탁월하다. 마음을 열고 말하는 천진한 바보들이라고 할까. 진정 내가 닮아야 할 부분이다.

그들로부터 몇 가지를 알아낸 것이 있다. 그들 두 쌍의 남녀는 모두 친구 사이로 네덜란드 엔터호프에 산다고 한다. 이들은 재미있는 경력을 갖고 있는데 현대미술 전시공간인 에르메스 재단에 자문을 해주기 위해 미술사를 전공하고 그림을 수장하는 일을 하고 있다고 했다. 제임스와 프랑크는 최근에 위기일발로 죽음의 문턱까지 갔었다고 한다. 우리는 여러 가지 놀이를 하며 멋진 시간을 보냈다.

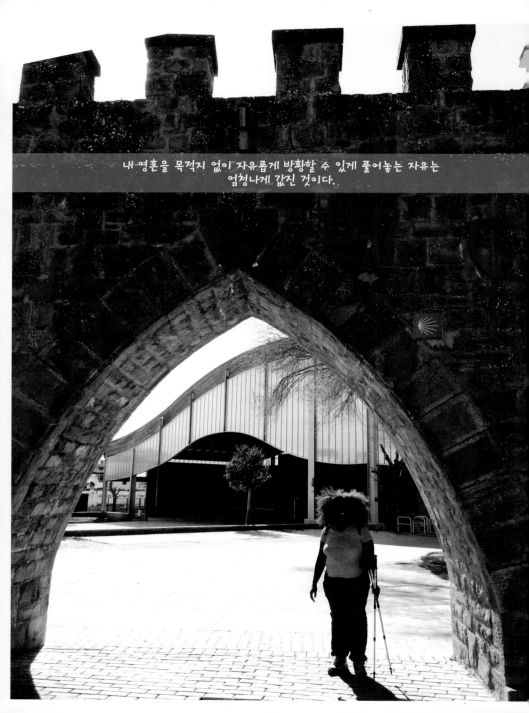

내 영혼을 목적지 없이 자유롭게 방황할 수 있게 풀어놓는 자유는
엄청나게 값진 것이다..

camino 넷

신비한 음악

오늘 오후 내내 깔리모쉐를 마신 후 처음으로 나는 제이드가 요리한 맛있는 저녁을 먹었다. 그래서 그 달콤한 일시적 효과는 오래 지속되지 못하고 더욱 밝고 환한 분위기에 젖었다.

순례길로 오기 전 나를 가장 흥분되게 한 것은 출발점에 도착했을 때 아무런 의무나 제약이 없었다는 것이다. 다만 5주 후인 4월 19일에 산티아고 공항에 도착하기만 하면 되었다. 심지어 첫날밤에 잘 숙소도 예약하지 않았었다. 그냥 닥치는 대로의 하루하루였다. 이렇게 말할 수 있는 맨 마지막 시간이 언제였을까?

물론 이것은 대단한 자유지만, 반면에 자율적인 일이다. 대답할 상대가 아무도 없다. 오로지 자신에게 물어야 한다. '어떤 느낌인가?' 그리고 '지금 무엇을 하고 싶은가?' 라고…….

걷는 것 자체는 성찰과 사색, 그리고 관찰의 시간이다. 나는 내가 '걷는 우주'를 철저하게 보호하는 것이 필요함을 안다. 그것은 고독이며 홀로 영혼의 자유로운 방황을 할 수 있게 허락해 주기 때문이다. 이런 것들이 내게는 지난 몇 달 동안 도저히 누릴 수 없었던 사치이며 정신의 유목민이 된 것이라고 생각 된다.

나는 천성적으로 사교적인 존재다. 그래서 내가 '걷는 우주'를 보호하는 것은 가끔 순례길에서 아주 자연스럽게 그리고 일반적으로 일어나는 일이지만, 나 자신에 대한 가벼운 도전임에 틀림없다.

지난 2년 동안 내 인생은 여러 사건들과 희로애락으로 점철되었고, 이 모든 것들은 너무 빨리 그리고 강렬하게 일어났던 사건들이라 나는 아직도 숨 쉴 여유조차 없다. 이번 순례여행 중 이런 상황들을 단순화 시킬 수 있을 것이라고 보지는 않는다. 그러나 내 영혼을 목적지 없이 자유로이 방황할 수 있게 풀어놓는 자유는 엄청나게 값진 것이다.

사랑하면 산티아고로 떠나라, 그녀처럼

첫날은 불가피하게도 고든과 나의 결혼에 대한 기억으로 가득했다. 그날이 바로 첫 번째 결혼기념일이기도 했기 때문이다. 그러나 이상하게도 그 다음 며칠 동안은 더 오래된 기억들로 가득 찼다. 내가 보는 모든 것들은 시간과 공간을 떠나 가까이 혹은 멀리 있는 그 누군가에 대한 추억을 불러일으켰다. 이런 사람들에 대한 추억은 내 영혼의 골수에 자양분을 준다.

나는 불현듯 여동생 성아가 생각났다. 그 애는 유쾌하게 눈망울을 굴리면서 나를 추억의 프레임 속으로 데려가곤 했다. 일상적인 일들로 웃고 떠들다가 다시 일터로 돌아가는 추억들처럼 잠시 기억의 창고를 열고 만난 성아에 대한 생각들이 순례길의 외로움을 달래주었다.

오늘은 아주 특별한 행군의 날이다. 걷는 길마다 믿기 힘든 아름다운 경치가 펼쳐졌다. 잃어버린 시간들 속에 작은 마을이 있고, 굽이진 좁은 길은 예스럽고 분위기 있는 아름다움 그 자체였다.

작은 언덕 꼭대기에 끼라우끼라는 아주 특이한 중세 마을이 자리 잡고 있었다. 나는 아침 내내 커피를 찾아 헤맸다. 동네 제과점에서 선전하는 커피가 자동판매기임을 보고 실망했다. 그러나 빵은 만족스러웠다. 이전에 내가 먹어보지 못한 최고의 크루아상 빵이다.

사랑하면 산티아고로 떠나라, 그녀처럼

첫 번째 골목의 코너를 돌아 수많은 아름다운 아치가 있는 곳으로 나
아갔다. 위를 바라보니 미로 같은 길에서 공중으로 묘하게 울려 퍼
지는 피아노 소리에 짐짓 놀랐다. 그 소리는 모든 창가에서 울려 나
오는 것처럼 보였다.

그 효과는 바로 나타났다. 하염없이 눈물이 났다. 그냥 계속 걸으며
빵을 먹었다. 또 다른 코너를 돌아서자 그 음악은 갑자기 멈췄다. 개
들이 짖고 새들이 다시 노래했다. 그것은 이상한 느낌이었고 혹시 내
가 피아노를 상상했는지 의심스러웠다. 천상의 음악이 거기 있었다.
음악 속의 마법이었다.

이른 아침 어둠을 뚫고 도시를 가로질러 걷은 것은 엉뚱한 경험이다.
그러나 그것은 확실히 매력적인 일이다.

이른 아침 습관 만들기

어제 내가 말했던 나만의 '걷는 우주'를 보호하는 것과 성찰의 자유에 대해 모든 것을 말한 후 오늘은 온종일 제이드, 그리고 죠지와 함께 걷기만 했다. 나는 이들과 함께 걷는 것이 참 좋았다.

겨우 두 시간 반을 자고 나서 새벽 5시가 되기 전에 일어나 어둠 속에서 출발했다. 숙소에서 자고 있는 많은 사람들을 깨우지 않고 짐을 싼다는 것은 치밀한 작전이 필요하다. 그래서 나는 물건들을 욕실로 가져가서 짐을 꾸렸다. 제이드와 죠지도 같은 방법으로 했으며 우리는 바깥에서 만나 아침 요기를 하고 오늘 행로에 대해 이야기를 주고받았다.

사랑하면 산티아고로 떠나라, 그녀처럼

우리는 에스테야를 떠나 높지만 거리가 짧은 산길을 택하기로 결정했다. 그것이 가장 오래된 루트임을 알았다. 그리고 오늘 도착 예정지보다 약 7km를 더 가서 토레스 델 리오까지 가기로 했다. 이것은 우리에게 길거나 또는 짧은 하루가 되게 하는 이동계획이다. 어제는 20km를 걸었고 오늘은 27km 그리고 내일은 21km, 모레는 28km를 걸을 것이다.

이른 아침 어둠을 뚫고 도시를 가로질러 걷은 것은 엉뚱한 경험이다. 그러나 그것은 확실히 매력적인 일이다. 하늘의 달은 500년 만에 한 번 일어난다는 동지 개기월식을 준비 중이었다. 하늘은 우리에게 달의 판타지를 보여주려고 서서히 어둠의 커튼을 걷고 있다고 생각하니 한결 기분이 좋았다.

우리는 곧장 마법에 걸린 숲처럼 느껴지는 곳으로 들어섰다. 비틀어지고 뒤틀린 고목나무들이 이끼로 덮여 있었다. 아침 첫 햇살을 받아 환상적이다. 숲은 이내 매끄럽게 변하여 크고 널찍한 전나무 숲은 끝이 없고 침엽수 낙엽이 스펀지 카펫처럼 깔렸다. 숲을 벗어날 즈음 먼동이 밝아왔다. 이름난 '와인 샘'으로 향해야 할 시간이다.

옛날 나바르 왕국이 소유한 땅 중의 하나인 보데가스 이라췌에는 순례자들의 영혼과 건강을 위하여 순례길 옆에 분수를 설치하고 와인을 나눠주고 있다. 분수 옆에 있는 안내판에는 아침 8시부터 저녁 8시까지 와인을 공급한다고 되어 있었다. 그러나 지금 불행히도 아침 7시 밖에 되지 않았다.

우리가 생 장 피에드포르를 출발할 때부터 배낭에 매달고 다녔던 가리비 조개에 기대를 갖고 수도꼭지에 갖다 댔다. 빙고! 와인이 흘러나왔다. 그러나 어쩌랴, 두 번째 조개껍질을 꼭지 아래 갖다 댔을 때는 와인이 말라버렸다. 그러나 우리는 토스트 하나를 먹을 수 있는 양의 와인은 챙겼다. 오, 멋진 까미노!

다른 순례자들이 조금 실망하면서 지나갔다. 어떤 사람들은 떠나고 싶지 않아서 8시 20분까지 있었다는 말을 들었다. '일찍 일어나는 새가 와인을 얻는다.'라고 상상해 보라. 그것은 어제 저녁에 먹다 남은 찌꺼기일 뿐이지만 순례자에겐 멋진 와인이 아닐 수 없다.

그 이후는 줄곧 즐거운 시간이었다. 계속 무릎과 아킬레스건이 아팠지만 그래도 오늘은 그 어느 날 보다 훨씬 느낌이 좋았다. 비탈길은 비교적 쉬웠으며, 갈림길의 언덕에서 우리는 지상 최고의 아침 식사를 했다. 토티야와 보카디요 샌드위치에 커피를 마셨다. 자판기가 여기저기 있고 에스프레소 자판기로 많이 대체되고 있었다.

처음으로 날씨가 흐렸다. 한낮이 되어도 지나간 날들의 열기만큼 뜨겁지 않아 정말로 반가웠다. 만약 여름날이라면 나는 순례길에서 참기 힘들었을 것이라는 점을 잘 안다. 제이드 그리고 죠지와 함께 나누는 대화는 쉽고 다방면에 걸친 주제를 망라했다.

나는 개미의 진화에 대해서 많은 것을 배웠다. 길게 자란 다리는 사막의 열기에 대처하기 위한 것이다. 그놈들은 진딧물과 관계를 구축하고 서로 공생하기 위해 완벽한 생태시스템을 개발했다. 여기에는 생식욕망도 포함되며 그것이 결국 진딧물의 진화를 이끌기도 했다. 나는 또한 '심슨네 가족들'이란 프로그램의 작가들이 모두 수학 천재들로서, 많은 시간을 도식적인 수학적 농담을 그 프로에 결부시키는 데 사용한다는 것도 배웠다.

멍게는 바다 밑바닥에서 붙어 자랄 수 있는 최적의 암반을 찾기 위해 바다 속을 샅샅이 살피는데 많은 시간을 보낸다고 한다. 그 암반 위에 눌러 앉아 그들은 더 이상 두뇌를 사용할 일이 없으므로 멍청하게 서로를 잡아먹는다. 이것은 마치 철밥통 직업에 비유된다고 한다.

다채로운 이야기를 주고받으며 예상 목표지점에 도착하니 이미 정
오가 지났다. 우리는 태양 아래서 스페인 샌드위치 보카디요와 아이
스크림을 먹고, 토레스 델 리오에 도착하기 위해 나머지 7km를 더
걸었다. 일찍 떠나는 것은 매력적이다. 앞으로 이런 상태를 계속 유
지할 것이다.

가끔 길을 잃고 방황하게 될 경우에도
우리가 생각할 수 있는 상식으로 순례길에서는 해결할 수 있다.

하늘의 변화

오늘 걷기는 아주 특별했다. 왜냐하면 온종일 어떤 순례자도 만날 수 없었기 때문이었다. 오직 만난 사람이라곤 출발 후 약 5분 뒤에 내가 추월한 하르트무트 한 사람 뿐이었다. 그는 어제 저녁에 함께 즐거운 저녁식사를 한 사람이다.

지역 사람들은 순례자들에게 아주 친절했다. 그들은 가끔 가던 길을 멈추고 "순례 만세!"를 외쳤다. 어떤 사람들은 차안에서 유쾌하게 경적을 울리며 손을 흔들었다. 그냥 지나치는 사람들에게는 "올라! 부에나스 디아스! 부엔 까미노!"라고 한 마디 응수하면 된다. 나는 오늘 비아나와 그 주변에서 훈훈한 인정을 느꼈다.

사랑하면 산티아고로 떠나라, 그녀처럼

어제 내가 희망했던 그대로 나는 가까스로 해가 뜨기 전에 순례길에 올랐다. 어제 보다는 늦었지만 아침 6시 45분에 토레스 델 리오를 떠나 행군을 시작했다. 아침 식사 전에 적어도 한 시간 정도 걷는 것이 좋다는 것을 알았다. 오늘은 약 2시간 15분을 걸으니 첫 마을이 나왔다.

발의 상태를 자세히 들여다보고는 물약과 일회용반창고를 다시 사고, 두말할 것 없이 멋진 커피와 보카디요를 사서 다시 순례길에 올랐다. 그리고 목표지점까지 한 번도 쉬지 않고 걸었다. 도착하니 오후 12시 30분밖에 되지 않았다.

로그로뇨에 접근하면서 나는 사실 좀 더 걸어 나아가고 싶었다. 내일은 제일 앞에 서서 선발대로 출발할 수 있을 것 같아서였다. 오늘, 지금까지 걸었던 날 중에서 가장 긴 여정인 30km를 걸었다. 그런데 지도를 보니 다음 마을 까지는 아직 12km나 남았다. 그래서 나는 그 자리에 그냥 머물기로 했다. 이것은 내일을 위해 오늘의 수고를 줄이는 방법이었다.

오늘은 내 친구 루스의 생일이다. 우리는 멋진 이야기를 주고받았다. 그의 질문 중 하나는 만약 순례길에서 길 찾기가 어렵다면 어떻게 해야 하는지에 대해 물었다. 꼭 지도를 보아야 하는지, 안내 표지판은 좋았는지 등등 말이다. 그런데 사실은 순례길에서 지도를 볼 필요가 없었다. 길가에 큰 입간판 지도가 자주 있기 때문이다. 길은 일반적으로 잘 표시되어 있었다. 가리비 조개나 노란색 화살표 혹은 다른 이정표들이 많은 도움이 되어 주었다. 가끔 길을 잃고 방황하게 될 경우에도 우리가 생각할 수 있는 상식으로 순례길에서는 해결할 수 있었다.

이들 표지판을 보고 따라가다
보면 가끔 깜짝 놀라게 된다.
이것들은 우리가 어린 시절 게임을 하는 것과 비슷하다. 숫자를 따
라 점을 이어 그림을 그리는 놀이와 흡사한데 재밌는 놀이를 하던 어
린 시절을 떠올리며 표지판을 따라 가면 잃었던 길을 되찾고 다시 순
례에 집중할 수 있다.

오늘따라 내가 속해 있는 스코티시 챔버 오케스트라가 생각났다. 왜냐하면 스코티시 챔버 오케스트라 창립 40주년 기념일이기 때문이었다. 기념행사를 축하하고 멋진 만찬과 함께 공연과 시상식으로 우리 단원들은 오늘 최고의 날을 보내고 있을 것이다. 이처럼 멋진 이벤트에 참석하지 못해서 나는 아주 많이 서운했지만 순례길을 걸으면서 내면의 고요를 통해 서운한 마음도 안개처럼 사라지고 말았다.

점심을 먹고 나는 제이드와 죠지로부터 쉴만한 좋은 장소를 찾았는지 묻는 문자를 받았다. 로그로뇨에서는 다양한 숙소를 선택할 수 있었다. 내가 찾아낸 곳은 깨끗하고 넓으며 아름다운 옛 건물을 현대식으로 개조한 숙소였다. 몇 분 후에 그들이 당도했다.

우리는 관광을 하는 척 하면서 스페인 전채요리인 타파스를 찾아 돌아다녔다. 이 지방의 리세르바 레드와인을 맛보고 나서 밀가루 튀김요리인 츄로스와 초콜릿 앞에 두 손을 들고 말았다.

나는 행군용 지팡이를 하나만 갖고 왔기에 하나를 더 사기로 했다. 두 개를 짚어야 확실히 최상의 상태가 된다. 이런 최상의 상태를 생각하자 통증과 고통이 모두 사라지고 결국 두 배로 더 빨리 갈 수 있을 것 같은 착각에 사로잡혔다. 5분 정도를 걷자 가게가 나왔고 가게로 들어가 지팡이 하나를 샀다. 나의 완전무장은 이제 이루어졌다.

오늘 날씨는 하늘에 변화가 있는 것 같았다. 지금까지는 매년 이맘때 쯤과 비교하면 이상하리만치 좋은 날씨의 연속이었다. 시원해서 출발하기 좋았지만, 한낮엔 뜨거운 태양이 열기를 더했다. 날씨는 계속 맑다가 이따금 찬바람이 불고 광풍이 몰아쳤다. 비록 태양 아래 맑은 날씨지만 방풍 옷을 꺼내 입어야 했다. 오후에는 더욱 날씨가 험해져 비가 내리기 시작했다. 내일은 눈까지 온다는 예보다.

오늘 밤에는 또 다른 아홉 사람을 위한 친교의 만찬이 있었다. 요리는 제이드와 죠지의 몫이었다. 와인은 넘쳐났고 우리의 만찬은 늦은 밤까지 계속되었다. 하마터면 필름이 끊어질 뻔했다. 이제 잠자리에 들 시간이다. 내일 6시 15분에 출발할 꿈을 꾸면서 꿈나라로 향했다.

인간 정신의 깊이와 연민에 압도당하는 것은
마드리드와 바르셀로나의 축구경기를 계속 보고 있는 것보다 더한 용기를 필요로 한다.

이런 상황이 너무 일찍 닥쳐온 것은 아닌지 모르겠다. 나는 이를 예견했어야 했다. 그러나 내가 지나 온 날들은 믿기 힘들 정도로 극단적인 사건들과 감회로 가득했었다. 나는 그것들로부터 지워져 없어졌으며 더 이상 글을 쓸 수가 없었다.

나는 글자 그대로 내가 목격한 인간 정신의 깊이와 연민에 의해 압도당했다. 언젠가 먼 훗날 나는 이런 감정을 더 이야기할 것이지만, 지금은 아니다. 가장 후회스러웠던 날은 마드리드와 바르셀로나의 축구경기를 계속 보고 있을 만한 용기가 없었던 때였다.

사랑하면 산티아고로 떠나라, 그녀처럼

낯선 사람들의 자비심은 경이롭고 놀라운 것이다.

녹초가 되다

9일 째 되는 날 최초로 비에 흠뻑 젖어버렸다. 내가 만약 제대로 된 방수복을 입기 위해 멈추기만 했다면 이것은 완전히 피할 수 있었던 것이다. 나는 이미 어느 정도 기능을 하는 방수복과 모자를 착용하고 있었다. 게다가 비도 거세지 않았고 갈 길이 5km 밖에 남지 않아 별로 신경을 쓰지 않았다. 결국 게으름의 대가를 치르고 말았다. 어쨌거나 따뜻한 샤워와 세탁기 덕분에 사태를 수습할 수 있었다. 여기 산토 도밍고 데 라 칼자다에서 상황은 좀 나아졌다.

오늘 행군의 전반부는 숨 막히는 아름다움이었다. 기막히게 아름다운 눈 덮인 산꼭대기들이 이어졌고 서리가 내린 포도밭이 나타났다. 얼어붙어 땅위로 막 시작된 일출의 햇살이 따뜻한 입맞춤을 하면서 찬란하게 빛나고 있었다.

사랑하면 산티아고로 떠나라, 그녀처럼

아침 이른 시간에 걷다보니 내 손은 이미 얼어붙어 버렸다. 며칠 전 제이드는 그녀의 배낭을 정리하면서 내게 벙어리장갑 하나를 주었다. 이것이 큰 도움을 주긴 했지만 손가락은 고통스럽게 시렸고 손을 겨드랑이에 끼우는 것이 오히려 도움이 되었다. 지평선에 태양이 떠오르니 상황은 바뀌었다. 믿을 수 없을 정도였다. 아마 약간은 심리적 요인도 있었을 것이지만 태양은 너무 강력하여 순식간에 서리를 녹여버렸다.

어제는 너무나도 서정적이고 멋진 하루였기에 오늘 나는 약간 늦게 아침 7시쯤 출발했다. 어제는 지금까지 걸었던 길 중에서 가장 먼 거리인 30km를 걸었다. 그리고 가장 추운 날이었다. 눈과 우박이 내리고 햇볕과 푸른 하늘이 교차하는 시간이었다. 거센 바람을 막기 위해 나는 여행용 메리노 양모 외투와 방수 재킷을 입어야 했다. 이들을 모두 껴입고 배낭까지 메고도 한 번도 덥다고 생각된 적이 없었다.

사랑하면 산티아고로 떠나라, 그녀처럼

나는 홀로 출발했다. 3시간을 걸어가니 마을이 나오고 카페가 하나 있었다. 순례길에서 대충 비슷한 속도로 가는 사람들은 여기서 다 만난다. 추위로부터 벗어날 수 있어 즐거웠다. 사람마다 추위를 이기는 방법이 따로 있었다. 어떤 이는 술로 추위를 녹이고 또 다른 사람들은 커피로 몸을 녹였다. 그래도 음식이 제일 반갑다. 여러 잔의 밀크커피를 마시고 나서 우리들의 작은 테이블에는 제이드, 죠지, 올란도가 둘러 앉아 기분이 제법 흥분된 상태였다.

4일차 되던 날 나는 올란도를 처음 만났었다. 그는 암석과 돌멩이가 가득한 산악지형의 제일 높은 곳에서 껑충 껑충 뛰어 내려가면서 나를 휙 지나쳤다. 앞질러 가면서 뒤돌아보고는 "이게 너무 쉬워!"라고 외치면서 금세 사라져 버렸다. 그때 나는 아주 조심스럽게 지팡이를 짚고 천천히 내려가고 있었다. 그렇게 제멋대로 달려 내려가는 그를 보면서 혹시 내가 미끄러져서 돌이라도 굴러 그가 다친다면 다가올 몇 주 동안이 걱정스러웠다.

사랑하면 산티아고로 떠나라, 그녀처럼

저녁에 로그로뇨에 일찍 도착하였을 때 올란도는 호스텔 카페로 와서 글을 쓰고 있는 나에게 블로그 주소를 물었다. 돌아가서 그것을 읽었나 보다. 얼마 후 그는 다시 내게로 와서 내 이야기에 흥미를 느낀다면서 그 자신도 피부암을 앓았다고 했다. 유별나게도 암은 눈에 발병했지만 운 좋게 일찍 발견하여 빨리 치료를 했다고 한다. 어떻게 그렇게 빨리 발견했느냐고 물었더니, 그는 도무지 믿을 수 없는 대답을 했다.

그의 사생활은 제쳐두고라도 약 20년 동안 일어난 일련의 사건들이 너무도 기이했다. 이런 일들이 그에게 특이한 결정을 하게 만들었다. 그 결정은 기적적인 상황의 연결이었고 결국 그의 암 진단에 이르게 되었다.

나는 너무 놀랐다. 우리는 비록 병이 무서운 것이지만 병 그 자체로
부터 굉장히 가치 있고 긍정적인 면을 찾아낼 수 있다는 대화를 나누
었다. 이점에 대해서는 우리 둘은 동의했다. 그의 처신과 태도에 나
는 무척 깊은 감명을 받았다.

그 다음날 그러니까 어제, 아침 식사 때 그를 만났고, 몇 킬로미터를
더 가서 점심 때 우연히 다시 만났다. 날씨가 점차 변할 것 같아 우
리 일행은 올란도를 그 카페에 남겨두고 떠났다.

사랑하면 산티아고로 떠나라, 그녀처럼

내가 얼마나 놀랐는지 상상해 보라. 나제라에 있는 숙소에 도착했을 때 나는 올란도로부터 한 통의 이메일을 받았다. 우리의 자선기부 사이트에 그가 400파운드를 기부했다는 것이다. 감격해서 눈물이 앞을 가렸다. 룸메이트들이 자연스럽게 알게 되었고, 내 감정이 복받친 이유를 알고 나서는 안도하는 모습이었다. 낯선 사람들의 자비심은 경이롭고 놀라운 것이었다.

이 일이 있고나서 잠시 후 숙소의 무선망이 나에게 소식을 전했다. 남편 고든의 친구 그레미 던이 "당신이 나를 사랑함을 보여주세요!"라는 주제로 열었던 고든을 위한 파티의 비디오를 여러 개 보내왔다. 그 파티는 작년 2월 16일 에든버러성에서 열렸었다. 전 세계에 있는 고든의 가족과 친구들이 모여 노래와 춤으로 한바탕 어울려 그의 폭넓은 생을 축하하는 멋진 밤이었다.

나는 약간 걱정하면서 순례여행에서 처음으로 이어폰을 귀에 꽂고 비디오 영상을 틀었다. 그것은 내게 경탄스럽고 너무나 가치 있는 것이며 또한 도전적인 것이었다. 수건으로 얼굴을 가리고 엉엉 울었다. 팜플로냐에서부터 두 번째로 숙소의 동료가 된 오시는 가장 섬세한 사람만이 할 수 있는 세련된 매너로 나를 달랬다.

30km의 힘든 순례길을 걷고 난 후에, 자비로운 기부와 비디오 영상을 접한 그 감격은 말할 수가 없었다. 내 마음은 완전히 무너져 버렸다. 그래도 나제라 주변을 산책하며 관광을 하는 것은 제대로 했다. 우리는 결국 여러 순례자들을 모아 군단을 이루었다. 그리고는 와인과 스페인 요리 타파스를 찾아 나섰고, 지역에서 추천할 만한 장소에서 거대한 순례자의 만찬을 즐겼다. 아쉬웠지만, 나는 너무 피곤하여 바깥에 머물러 바르셀로나와 마드리드의 축구경기를 볼 수는 없었다.

사형선고를 받은 가난한 순례자 소년을 구하기 위해 접시에 담긴 튀긴 암탉을 살려낸 산토도밍고
성당의 전설처럼 '선'은 인간의 신이다.

어제 산토도밍고 데 라 칼자다에서 우리는 프랑크를 다시 만났다. 그
와 팜플로냐에서 헤어진 후 처음이었다. 그는 속도를 내어 앞서 갔
지만, 산토도밍고에서 하루 쉬고 있었다. 그는 유명한 병아리와 암
탉의 닭장이 있는 성당 주변에서 나와 제이드, 죠지 그리고 오시를
만났다.

전설에 의하면 산토도밍고 성당은 사형선고를 받은 어느 죄 없는 가
난한 순례자 소년을 구해기 위해 기적을 행사했다고 한다. 접시에 담
긴 튀긴 암탉을 살려내어 날아가게 했다는 것이다.

사랑하면 산티아고로 떠나라, 그녀처럼

비로 인하여 아름다운 시내 관광은 중단되고 우리는 비를 피해 동네 선술집에 들어가서 리오하 와인 한 병을 놓고 더 나은 세상을 위해 모여 앉았다. 프랑크가 팜플로냐에서 아주 친절하게 나를 초대한 후 나도 한 번 저녁을 사기로 했다. 그는 현지 조사를 잘 했고 우리는 왕이나 여왕보다 더한 순례자의 만찬을 즐겼다. 우리가 묵게 될 숙소의 통금 시간은 9시 30분인데 숙소 입구에서 담배를 피며 얼쩡대고 있는 사람들 덕분에 그 시간을 몇 분 지나서도 숙소에 들어갈 수가 있었다.

뚜벅뚜벅 걷기의 고통을 통해 얻어낸 것은 '편안한 무감각'이다.
인생에서도 편안한 무감각이 없다면 그것은 결코 행복한 일이 아니다.

편안하게 감각이 없음

내가 만약 한 사람의 순례자처럼 된다는 확신이 없었다면, 나는 오늘 아마도 더 나아갈 수 없었을 것이다. 아킬레스건이 아프고 무릎도 쑤시고 뒤꿈치가 새로 아파서 서서히 출발을 해야만 했다. 한 시간 정도를 걷고 나서야 가까스로 몸을 풀 수가 있었다.

점차 커피에 집착하게 되었다. 다음 마을까지 거리를 아는 것이 아주 중요했다. 그것은 자기만의 걸음걸이로 거리를 측정하는 문제다. 만약 내가 6km를 가고 나서 다음 마을에 커피가 없다면 얼마나 실망하겠는가.

사랑하면 산티아고로 떠나라, 그녀처럼

오늘 아침 산토도밍고를 출발할 때부터 바람이 보통이 아니었다. 대다수 사람들은 숙소를 비슷한 시간에 출발하여 길 위에는 긴 악어꼬리처럼 순례자의 행렬로 이어졌다. 나는 맨 뒤에 걸어가면서 우리 모두를 덮치는 강풍의 영향을 바라보는 것이 얼마나 재미있는지 알았다. 풍속은 시속 45km나 되었고 바람이 부는 방향에 따라 사람들은 거의 45도로 몸을 굽혀야 했다.

어떤 때는 바람머리가 하도 세어 마치 잠긴 대문이 들썩거리는 느낌이며, 어느 한 지점에 서 있어야 하는 처지가 되기도 했다. 나의 스코티시 챔버 오케스트라 동료들이 만약 지금 내가 잠자면서 걷는 예술을 마스터한 것을 알면 대단히 즐거워할 것이다. 나는 꾸벅꾸벅 졸면서 한결같은 속도로 걸어갔다. 이것은 내가 첼로를 마스터하기 위해 밤에 잠자지 못한 시간들을 만회하기 위한 특별한 재주일지 모른다고 생각했다.

나는 이것이 아주 평화스럽게 느껴졌다. 동시에 바람이 몰아치면서 내 얼굴에 바람의 파편들이 튀는 와중에서도 명상을 할 수 있는 효과적인 방법이다. 울부짖는 바람의 느릿한 시간을 나는 마음속으로 녹음하며 걸었다. 방수복 모자를 쓰고 있으니 귓전에 비바람이 요란하게 소리쳤다.

1) 저음은 여러 대의 전투기가 이륙하는 소리
2) 중간음은 이착륙하는 무인기 드론의 소리
3) 고음은 휘파람 합창단 소리
4) 그리고 오래된 레코드판이 삐걱거리며 돌아가는 소리. 얼마나 낡았는지 내 모자를 때리는 것 같은 빗소리의 강렬함에 시달렸다. 그것은 아무도 듣고 싶어 하지 않는 나의 엉터리 고음 멜로디에 맞춘 반주 같았다.

이럴 때에는 길과 걷는 속도의 단조로움이 가끔 발과 다리의 고통을 잊게 해주곤 했다. 나는 감히 이런 상태를 '편안한 무감각'이라고 불렀다. 난폭한 바람은 온종일 누그러들 줄 모르고 특이하게 나의 사운드트랙 볼륨이 귀를 멀게 할 정도로 올라갔다. 그 이유는 내가 폭풍우를 꾸짖는 고함을 질렀기 때문이라면 이해가 될 것이다.

사랑하면 산티아고로 떠나라, 그녀처럼

내 바지가 비록 방수였지만, 이런 비바람에는 속수무책이었다. 다리는 길쭉한 호박처럼 얼어버렸다. 고통을 잊고 전진하기 위해서는 이런 상황에서 벗어나는 것 외에는 다른 방법이 없었다. 나 자신은 이 것을 '뚜벅뚜벅 걷기'라고 명명했다.

결코 참을 수 없는 고통 하나는 손가락 통증이었다. 제이드가 준 손가락이 나오는 벙어리장갑에 무척 감사했지만, 지금 그 장갑은 완전히 젖어서 울부짖는 바람과 우박에 노출된 손가락을 엉망으로 만들어버렸다. 나는 이것까지도 '편안한 무감각'이라 할 수는 없었다. 그것은 극도의 고통이었다. 그래도 내 손은 지팡이를 짚고 길을 인도하며, 지금 상황에서 속도와 리듬 조절을 위해 너무나 소중한 것이었다.

나는 손을 방수복 재킷 소매에 넣어 감싸기를 시도했지만 소용이 없었다. 재킷 소매도 완전히 젖어 피난처가 될 수 없었고, 손가락에 닿으니 오히려 더 차갑게 느껴졌다. 이제 더 이상 지팡이를 짚을 수도 없는 상황이 되었다. 결코 매력적인 모습은 아니었다.

여기서 엉덩이 고통으로 고생하는 오시가 내게 큰소리로 외쳤다. "손
가락을 입에 넣어!" 마지막 깔딱고개를 오르자 마을처럼 보이는 것이
나타났다. 기뻐서 눈물이 날 뻔 했다. 대신 나는 마지막으로 손에게
항복하여 지팡이를 겨드랑이에 끼우고는 손을 소매에 집어넣고 다시
혈액순환이 되게 했다. 지금까지 계속 내린 우박으로 경치는 온통 아
름다운 백색으로 변해 버렸다. 그러나 땅은 진흙탕으로 엉망이 되어
위험이 점차 더해갔다.

제이드, 죠지 그리고 나는 서로 재촉하며 마을을 관통하여 임시 숙소
들을 그냥 지나치고는 모든 순례자들이 격찬을 아끼지 않는 꾸아트
로 칸토네스 숙소를 찾았다. 마침 우박이 잦아들며 눈으로 변했다.

최종적으로 거기 도착했을 때 우리는 즐겁게 문 안으로 들어가기에
앞서 서로에게 쌓인 우박과 눈을 털어주었다. 하르트무트와 리처드
는 우리가 우박을 견뎌낸 최후의 시간을 알지 못하는 듯 벌써 행복하
게 침낭 속에 자리를 잡았다. 그것은 일찍 일어난 대가였다.

사랑하면 산티아고로 떠나라, 그녀처럼

우리가 추위를 녹이고 샤워를 한 후 몸을 말리고 나니 다시 태양이 빛나고 완전히 다른 날처럼 변했다. 저녁을 어떻게 먹을지 의논했다. 숙소 2층에 식당이 있었지만 다음 주에 문을 연다고 한다. 그래서 공동요리가 더 나을 것 같았다. 외식보다 공동요리를 할 때면 줄곧 제이드가 요리를 했기에 오늘 저녁 식사는 내가 맡겠다고 제안했다.

제이드, 죠지 그리고 하르트무트와 함께 슈퍼마켓을 둘러보는 것이 즐거웠다. 각자 요리에 넣을 것을 선택하는 임무를 띠고 있었다. 전체 저녁식사는 재벌 그룹처럼 되어버렸다. 부엌은 작고 필수적인 주방기구도 부족했다. 부엌에 칼이 하나 밖에 없어 주머니 속의 칼을 찾아 이것저것 자르는데 도전하기로 했다.

약 열흘 전에 출발한 순례자 무리들은 이제 완전히 일체가 되었다. 갈수록 숫자를 더하고 어떤 때는 온종일 그들을 보지 못하면 혹시 그들이 끼니를 어떻게 해결했는지 궁금하기도 했다. 큰 식탁은 축제 분위기가 되어 온통 즐거움으로 가득 찼다. 지금까지 가장 큰 저녁식사였고 우리는 20명의 식사를 준비해서 함께 맛있게 먹었다.

'HOOLLAAA!'
가슴 따뜻한 전염성을 전해주는 메아리는 지치고 힘든 순례자들에게 힘을 더해주는 주문이다.

뜨거운 물에 들어가기

새벽 3시를 조금 지나서 일어났다. 이제 이런 일이 일상이 되었다. 지난여름 이후 불면증은 내 생활의 일부가 되었다. 문제는 잠에 떨어지는 데에 있지 않고 오히려 수면장애에 있었다. 나는 다양하고 높은 수준의 성공적인 치료를 시도했었다. 그래도 운이 좋아야 밤에 겨우 4시간 정도를 잘 수 있을 뿐이었다.

순례길에서 좋은 공기를 마시고 운동을 하면 자연치료가 될 것을 기대했다. 지금까지는 아직 이렇다 할 진전이 없었다. 그러나 일이 어떻게 진행될지 바라보는 것이 행복이라고 생각했다.

아침 식사를 하면서 창문 밖을 내다보니 간밤에 눈이 제법 온 것을 알았다. 오늘 길은 높은 지대가 포함되어 있다. 그래서 그 높은 곳이 어떠할지 걱정하는 소리가 들렸다.

다시 우리는 대략 7시 30분에 비슷하게 출발했다. 그리고는 또 다른 긴 악어꼬리를 만들었다. 나는 모자를 편안히 눌러 쓰고 많이 듣거나 보지 않으면서 걸으니 홀로 무척 행복했다.

내 마음은 이리저리 방황하며 생각 속을 돌아다녔다. 만약에 우리가 먹다 남은 고춧가루를 숙소에 있는 병아리 같은 투숙객들에게 뿌리면 어떤 일이 일어날지 황당한 생각을 하게 되었다. 끔찍한 일이다. 이때 나뭇가지에서 엄청난 눈이 쏟아져 내려 내 모자 위에 쌓였다. 나는 퍼뜩 정신을 차렸다. 아마 하늘에서 나의 못된 생각에 벌을 내린 것인지 모른다.

첫 번째 마을에 가니 누군가 눈 위에 'HOOLLAAA!!!'라고 새겨 놓았다. 이것은 그를 아는 사람들이 나타나면 안토니오가 절규하는 외침이었다. 'HOOLLAAA!!!'는 순례자들에게 가슴 따뜻한 전염성이 있는 것으로 반복적인 메아리가 되었다.

날이 밝고 45분쯤 지나 겨우 준비운동 정도 했을 때, 첫 마을에서 커피를 마시기 위해 쉬는 것은 너무 일러 보였다. 그래서 나는 다음 목적지를 향해 4km 정도 더 걷기로 했다. 그곳에 이르니 '100m 전방에 가게'라는 표시가 있어 언덕을 약 10분 정도 야생 거위처럼 따라 내려갔더니 이번 철에는 장사를 하지 않는다는 것을 알았다.

결국 2km를 더 가서야 나는 커피와 옥수수로 만든 팬케이크인 토티야를 구할 수 있었다. 길고 끝없이 쏟아지는 눈과 진흙탕의 연속인 하루였다. 밤새 내린 눈은 4-6인치 정도 쌓였으며 산길을 오르는 동안 눈과 진눈개비는 계속 내렸다.

정말 기막힌 아이디어가 떠올랐다. 양모 양말을 벙어리장갑처럼 끼는 것이었다. 안 하는 것보다 낫지 않은가. 양모 양말을 손에 끼니 훨씬 나아졌다. 나는 앞서가는 순례자들을 따라가기 힘들다는 것을 알았다. 왜냐하면 길이 진흙탕으로 뒤범벅되어 미끄럽기까지 해서 잘 걸을 수 없기 때문이었다. 아무도 밟지 않은 새 길을 걷는 것이 오히려 나았다. 이것은 또 다른 문제를 야기했다. 우선 깊은 눈 위에서 발을 더 넓게 뛰어야 하니 더욱 힘들었고, 두 번째는 눈으로 뒤덮인 찬 물웅덩이를 발견할 수 없는 위험이 도사리고 있었기 때문이었다.

우리 그룹 중 한두 명은 날씨 때문에 여기서 버스를 탔다. 그리고 일부는 돌아서는 것을 다른 순례자들이 재촉하여 돌려 세웠다. 꼭대기까지 400m가 남았고 최종 목적지 까지는 15.5km가 남았다. 끝이 없어 보였다. 내가 식당 바에 도착했을 때 가능하다면 이것이 오늘의 마지막 종착지가 되기를 바랐다.

여기 있는 숙소는 수도원을 개조한 것으로 온수와 난방이 없다고 소문이 나 있어 대다수 사람들은 다시 4km를 더 걸어 언덕 아래에 있는 다음 마을로 향했다. 나는 너무 지쳤고 발은 젖어 버렸다. 지난번 내가 점심을 먹고 커피와 브랜디를 마셨던 수도원 숙소는 온수와 난방이 있었다. 바로 그거다 하고 결론을 내렸다.

수도원은 꽁꽁 얼어붙어 있었다. 그러나 주인은 우리를 위해 난방 스위치를 켰다. 큰 방에 28개의 침실이 있었으나 오로지 우리 7명이 전부였다. 우리가 도착했을 때 어떤 여인 한 명은 침낭에 박혀 온종일 나오지 않았다. 아마 그녀는 며칠을 그러고 있었나 보다.

거기에는 미국인 두 명이 하나의 침낭 속에 들어가 몸을 녹이고 있었다. 저녁 늦게 그들과 이야기해 보니 그들은 순례길 초입에서 우리와 만났던 사람들이었다. 그들은 여기까지 오는데 4주가 걸렸다고 한다. 나와 동행하는 친구는 이제 제이드, 죠지, 하르트무트가 전부다. 첫 번째 관심사는 샤워였다. 남녀가 분리된 각각의 욕조가 있어 너무 반가웠다.

제이드와 나는 온수가 있다는 말이 맞는지 좀 의심스러웠다. 그래서 완전히 옷을 벗고 샤워를 하기 전에 내가 기니피그가 되어 실험을 해 보기로 했다. 샤워의 압력은 괜찮았다. 몇 분간 찬 물이 나오더니 너무나 기쁘게도 결국 따뜻한 물이 쏟아졌다. 샤워기를 멈추게 하는 후크가 없어 샤워를 준비할 동안 그냥 수도꼭지에 걸어두었다.

그런데 갑자기 엉망이 되어버렸다. 샤워꼭지의 압력 때문으로 추측되는데 샤워기는 몸부림치는 뱀처럼 사방으로 뜨거운 물을 뿜으며 나뒹굴었다. 나는 처음에 어쩔 줄을 몰랐다. 너무 흥분한 상태였지만 다음과 같은 순서로 일을 처리했다.

1) 수건과 옷이 젖지 않도록 끄집어내는 것
2) 빨리 옷을 벗어 나머지 옷들이 젖지 않게 하는 것
3) 꿈틀대면서 뜨거운 물을 이리 저리 뿌리는 샤워 헤드를 고정시키는 것

나는 놀라서 계속 비명을 질렀다. 제이드가 이 우스꽝스런 광경을 보고는 곁에 서서 배꼽을 잡고 크게 웃었다.

'빈둥거리기'는
첼로연주 말고는 내 자신에게 허락한 순례의 이유 중 하나이다.

최근 며칠은 순식간에 자나가 버렸다. 그리하여 나는 또다시 여기서 내 시간이 정신없이 지나간 것을 알고 걱정하기 시작했다. 그러나 사실은 정작 내가 행복하다는 것이다.

나의 순례가 이제 막 시작된 느낌이었다. 그것은 아마도 얼어붙은 수도원에서였을 것이다. 그날 두 번째 커피 시간에 나 홀로 맥주를 마시면서 마지막으로 글을 쓴 뒤에 새로운 순례는 시작되었다는 느낌을 받았다. 그 때 시간이 오전 11시 밖에 안 되었었다.

지난 2주 동안 나는 사람들이 아침에 일어나서 술을 마시는 것을 보고는 '어떻게 저러지?' 라고 생각했었다. 그러나 내가 매일 4시간 정도를 걷고 난 다음 기진맥진한 상태에서 찬 맥주를 약간 들이키면 몸의 피로가 풀리고 마음까지 상쾌해지는 것을 그때서야 알게 되었다.

마침내 새벽이 오고 나의 휴일이 되었다. 나만의 휴일엔 낮에 술을 조금 마셨다. 그러고 나서 갑자기 많은 일이 이해가 되었다. 나는 그동안 나의 순례가 휴식이라는 생각을 하지 못했음을 알았다. 지금까지 이것은 내 자신에게 첼로연주나 일을 하는 것 말고 뭔가를 하게 허락하는 가장 긴 시간이었다. 나는 '빈둥거리기'를 내 순례의 이유 중 하나로 하기로 결정했다.

그 이후로 우리는 지금까지 지나온 가장 큰 도시인 부르고스를 향하여 느릿느릿 가면서 아주 작은 마을마다 다 머물렀다. 숙소는 오후 4시까지 열지 않았으며 우리는 휴가처럼 빈둥대며 시간을 보냈다. 스페인 전통주 파차랑을 파는 집에 들러 아니시 향료에 얼음을 타서 한 잔 했다.

우리는 부르고스를 향하여 걸어가는 단출하고 즐거운 팀이었다. 큰 성취라고 할 수도 없는 28km를 걸어야 하는 날이다. 그래서 나는 평소보다 속도를 반으로 줄여 터벅터벅 걸어 아름다운 공원을 지나 목적지로 향하고 있었다.

불행하게도 도시로 접어들면서 일정한 속도에서 포장길이 충격을 주
어 갑자기 오른쪽 정강이가 심하게 아파왔다. 이것이 나를 거의 기어
가는 속도로 만들어버렸다. 그리고 나머지 길은 고통으로 가득했다.

부르고스에서의 숙소는 그래도 훨씬 나았다. 너무나 깨끗하고 현대
적이고 정돈이 잘 되어 있었다. 편안한 침대마다 소켓과 전등이 따로
있었다. 공동 시설과 세탁기도 있었다. 갖고 왔던 모든 빨랫감을 세
탁할 수 있는 기회였다. 저녁 식사를 하러 나가기 전에 건조기에서
옷이 마르기를 기다려야 했다.

올라프와 마르코는 부르고스에서 우리와 헤어지기로 되어 있었다.
그래서 올라프는 다 함께 마지막 식사를 하자고 제안했다. 전부 16
명이 식탁에 둘러앉아 즐거운 시간을 보냈다. 정겨운 대화가 오갔
고, 순례 여행에서 모은 기념품과 유용하고 의미 있는 선물들을 주고
받았다. 그것은 굉장히 감동적이었다. 올라프가 계산을 했다. 우리
는 9시에 잠자리에 들었다.

나는 내 주변에 있는 사람들이 행복하면
나 자신이 행복하다는 생각에는 변함이 없다.

예기치 못한 이별

부르고스에서의 하룻밤은 나를 빼고 모두에게는 이벤트로 가득했다. 9시에 잠자리에 들면서 나는 수면제 한 알을 먹었다. 전날 밤에 수도원에서 겨우 2시간 반 밖에 못 잤기 때문이었고, 오늘 우리는 다시 긴 32km을 걸어야 하기 때문이었다.

몇 달 만에 제일 멋진 잠을 잤다. 그런데 다음날 알게 된 사실이지만 우리가 잠을 잔 층에서 어떤 몽유병 환자가 헛소리를 하고 이상한 귀신같은 소리를 지르면서 여기 저기 침대를 돌아다녔다는 것이다. 그것은 잠을 깬 사람들에게는 공포였다. 모두가 참으면서 오랜 시간을 보낸 뒤에 진심을 보여 사태를 수습한 사람은 오시었다. 그가 녹음하지 않았다면 몰랐을 것이다. 나는 사실 이를 증거로 남겨두고 싶었다. 한밤중에 이를 목격한 사람들은 오시에게 무척 감사했다. 그들은 공포에 질려 거기 누워있었기 때문이었다.

아침에 올라프는 우리와 함께 12km를 더 걸었다. 나는 그의 뒤에 섰지만 따라가기 어려웠다. 그를 놓친 것이 틀림없었다. 내가 부르고스에서 약 20km 떨어진 세 번째 마을인 호르닐로스 델 까미노에 접근할 때까지도 그를 보지 못했다.

그런데 이때 택시 하나가 마을로부터 다가오는 것을 보았다. 내가 막 섰다. 그래 맞아, 올라프였다! 올라프는 오늘 독일로 돌아가는 날이었다. 나는 그와 이별의 포옹을 하며 무척 기뻐했다. 그는 항상 이런 천진한 짓을 하는 걸 즐겨했다. 오늘 아침에도 예정보다 10km를 더 갔던 것이다.

나는 첫 번째 마을인 타르다호스에서 잠깐 커피를 마시고 어제부터 아픈 종아리에 밴드를 다시 묶기 위해 멈췄다. 전화기를 체크해 보니 죠지와 제이드가 몇 킬로미터 뒤에서 그녀의 여동생과 메시지를 주고받은 후로 보지 못했다는 것을 알았다.

그들은 호주로부터 날아온 비보를 접하고는 다시 부르고스로 돌아가고 있었다. 제이드의 가장 친한 친구 가족 중의 한 명이 갑자기 죽었다는 소식이었다. 그들은 순례여행을 계속할지 아니면 호주로 돌아가야 할지를 결정해야 했다.

사랑하면 산티아고로 떠나라, 그녀처럼

내 마음 속에 많은 것들이 스쳐 지나갔다. 무엇보다 위안을 주고 싶었다. 한편으로는 내심 그녀의 친한 친구가 제이드에게 스페인에 머물러 순례를 마치기를 지원해 주길 바랐다. 그러나 나는 결국 이런 멋진 친구들과 헤어져야 했고, 내 마음이 얼마나 황폐해졌는지 모른다. 지난 2주는 제이드와 죠지가 내게 큰 부분을 차지하고 있었다. 만약 그들이 순례길에 그대로 남았다고 해도 가야할 길 위에서 그들은 더욱 힘들어 했을 것이다. 나는 내가 울고 있다는 것을 알았다.

나는 올라프가 택시를 타기 전에 그를 따라잡기 위해 나아갔다. 그래서 치아라, 프란체스코, 그리고 나에게 친절하게도 밴드와 무릎보호대를 준 하르트무트와 카페에서 헤어졌다.

나는 이후 올라프를 만날 때까지 뭔가 상실감에 젖어 10km를 홀로 걸었다. 제이드와 죠지가 떠나자 나는 삶의 인연이 얼마나 허무한 것인가를 다시 깨닫게 되었다. 작별 인사도 하지 못해서 너무나 슬펐다.

호르닐로스 델 까미노에서 다시 하르트무트, 치아라, 프란체스코를 만났다. 하르트무트가 우리 모두에게 시원한 맥주를 사주었다. 프란체스코는 말린 무화과 한 봉지를 가져왔고, 나는 뮤즐리 시리얼 한 접시를 내놓았다.

프란체스코와 치아라는 남녀 커플로 내가 론체스발레스에 도착했을 때 처음 만났었다. 우리는 두개의 벙크 베드를 칸막이로 하고 방을 함께 사용했다. 그들은 이태리에서 왔다. 나의 이태리어 실력이 녹슬었지만 그들은 나와 잘 어울렸다.

우리는 까미노 순례길에서 자주 마주쳤으며 그들을 보면 항상 반가웠다. 그런데 왠지 그녀가 남자에 비해 너무 젊어 보인다는 생각을 떨칠 수 없었다. 그러나 그 이상 물어보지는 않았다. 그런데 지난 밤 올라프와의 작별 만찬에서 그들이 아버지와 딸 사이란 것을 알았을 때 내가 얼마나 놀랐는지 모른다. 많은 것을 생각하게 했고, 나의 명민하지 못한 사회성 부족이 많이 느껴져 아주 놀랐다.

오늘 내가 호르닐로스까지 걸어왔던 20km는 나의 무릎과 정강이, 그리고 관절이 아픈 것을 감안해도 어떤 의미에서는 비교적 쉽고 견딜만한 것이었다. 그러나 나머지 15km는 끝없는 지옥이었다. 약 10km 정도 남았다고 생각한 지점에서 순례길 베테랑인 스페인 사람 안토니오는 늦게야 우리들이 우회로를 둘러 왔기 때문에 아직도 15km가 더 남았다고 했다. 나의 정강이 통증은 괴로웠고 걷는 속도는 아주 느려졌다. 혼타나스까지 가는데 말이라도 건넬 수 있는 숙소가 하나도 없어 나는 마음을 다른 생각으로 집중하며 이를 악물었다.

사랑하면 산티아고로 떠나라, 그녀처럼

나는 언젠가 하르트무트가 이야기한 것을 생각해 봤다. 그는 어떤 사람이 순례를 하면서 돌을 운반하는 관습에 대해 이야기 했다. 그것은 생 장 피에드포르로부터 550km 지점에 있는 철십자가에다 어떤 인생의 짐이나 죄 또는 문제점을 갖다 버리는 것을 상징한다고 했다. 그는 나에게 이것을 한번 해보면 어떠냐고 제안했었다.

그날 늦게 나는 근사한 돌덩이 하나를 보고는 주머니에 집어넣었다. 내가 돌덩이라고 한 것은 그것이 비록 매끄럽지만 돌멩이 보다는 상당히 컸기 때문이다. 그것은 양쪽 모서리 쪽에 두 개의 덩어리가 떨어져나간 것이었다. 완벽하게 생기지 못한 것이 오히려 더 나를 기쁘게 했다.

지난 며칠 동안 나는 단짝이었던 데이비드에 대해 줄곧 이야기했다. 그는 내게 여러 측면에서 영감을 주었다. 완벽한 음악적 기교는 물론이고 깊은 사유와 엉뚱한 유머도 거기에 한몫을 했다. 그가 올해 초부터 우리와 함께 연주할 수 없어 나는 깊은 절망에 빠졌었다. 그 이후로 그는 피부경화증 치료를 위해 전념하고 있다고 했다. 이것은 스코티시 챔버 오케스트라를 위해서도 큰 불행이며 나에게도 너무 크고 깊은 상처였다. 그의 부재가 일시적이기를 빌었다. 나는 이 돌을 그를 위해 운반하기로 결정했다.

그날 늦게 하르트무트에게 이 돌 이야기를 했더니, 그는 재미있어 하면서 나 자신을 위해 이런 결정을 했는지 물었다. 나는 데이비드를 위해 돌을 갖고 간다고 했다. 그랬더니 그는 정중하게 혹시 그것은 나 자신이 떨치고 싶은 부담을 구체화한 것이 아니냐고 물었다. 그는 내게 순례길의 하루 행군을 데이비드를 위해 바치는 것을 즐기라고 했다. 그는 또한 내가 많은 시간을 다른 사람들을 위해 생각하고 행동하는 것을 잘 이해했다. 나는 그의 생각에 감사했고 그 헌신의 정신을 깊이 생각했다. 그 돌이 나 자신을 대신할 것으로 여기며 사유하는 시간을 가졌다.

내가 남을 위해 생각하는 것을 그가 꿰뚫어보는 것이 재미있었다. 이것은 가끔 내 친구들이나 가족들이 나에게 좀 이기적인 사람이 되어 남보다는 내 자신을 위해 무엇을 하라고 요구하는 것과 같았다. 나는 내 주변에 있는 사람들이 행복하면 나 자신이 행복하다는 생각에는 변함이 없다.

사랑하면 산티아고로 떠나라, 그녀처럼

그럼에도 불구하고 최근에 나는 나 자신을 위해 먼저 많은 일들을 한다고 생각했다. 크리스마스 때 보고 싶은 가족이나 친구를 만나는 대신 홀로 요가나 금식을 하기 위해 외딴 곳에 예약을 했었다. 그리고 지금도 비록 자선기금모금은 하지만, 한편으로는 나 자신을 위한 5주간의 고든을 생각하는 여행 중이 아니던가.

내 생각이 여기에 이르자 앞으로 혼타나스까지 5km가 남았다는 간판이 보였다. 맙소사! 아직 갈 길이 저리도 멀단 말인가. 정강이는 말이 아니었지만 그래도 다행히 통증은 주기적으로 오는 것이라 괜찮았다. 거의 다 왔다고 생각했는데 거기 또 무자비한 간판이 아직 2km가 더 남았다고 하니 나는 더욱 절망했다. 지옥이었다.

생각 속을 헤맬 때 혼타나스 마을이 갑자기 나타났다. 마을을 보는 순간 내가 그렇게 안도해 보기는 처음이었다. 첫 잔의 맥주는 하르트무트가 샀다. 그는 좀 일찍 도착하여 몇 번의 격려 문자를 보냈었다. 따뜻한 마음으로 깊이 감사하며 마셨다.

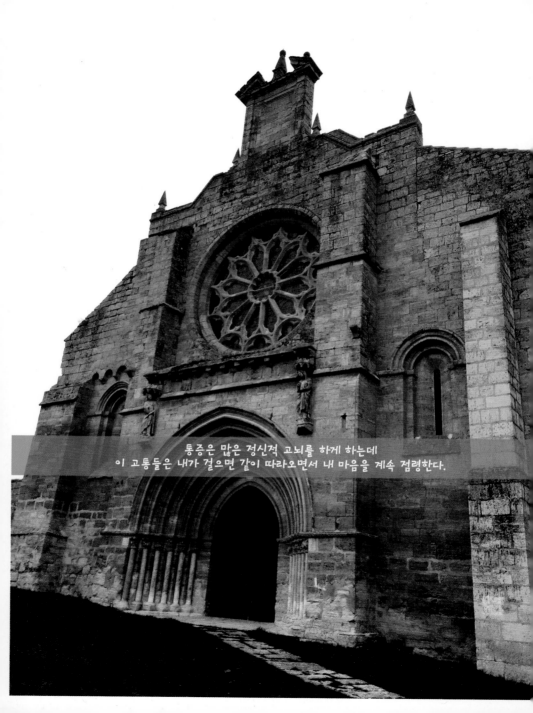

통증은 많은 정신적 고뇌를 하게 하는데
이 고통들은 내가 걸으면 같이 따라오면서 내 마음을 계속 점령한다.

약간 혼란스러워지는데 나는 진짜 어젯밤의 심한 구토에 대해 다시 기억을 더듬어 보았다. 그러나 이유를 알기 위해서는 며칠 전으로 거슬러 올라가야 했다.

나는 여기서 내 여행 중에 일어난 모든 일들을 다 기억해야 할 필요는 없다는 것을 알았다. 그러나 제이드와 죠지가 고향으로부터 안 좋은 소식을 듣고 부르고스에서 5일간 머문 후, 다음날 우리를 따라잡기 위해 무려 41km를 초인적으로 걸었다는 사실을 아는 것은 아주 중요했다. 그들은 그 다음 날 두 번째 아침 식사 때 우리와 만났다. 얼마나 반갑고 기뻤던지! 그들을 안지는 겨우 2주 정도 되었지만 나는 그들과 아주 친해져 있었다.

한편 그들과 만나기 하루 전 일을 기억해야 했다. 14일째 되던 날, 우리는 혼타나스에서 이테라 데 라 베가로 갔다. 19.5km 밖에 안 되었지만 나의 오른쪽 정강이가 별로 좋지 않아 더 걷지는 못했다.

아침에 손전등을 켜고 매일 하는 일 중의 하나는 다음과 같다.

1) 발의 물집을 방지하기 위해 바셀린이나 콤페드 반창고로 발을 보호하는 일
2) 종아리, 무릎, 정강이에 소염제 볼타렌을 바르는 일
3) 오른 쪽 종아리에 보호대를 묶는 것
4) 탄력 있는 무릎 보호대를 차는 것

이 모든 것이 아침에 좋은 출발을 하기 위한 시작이었다.

사랑하면 산티아고로 떠나라, 그녀처럼

남편 고든이 죽기 전에 암환자기금을 위한 순례를 할 때는 아주 잘 훈련되어 속도가 빨랐었다. 알람이 울리면 10분 안에 길 위에 섰다는 이야기를 고든으로부터 들었었다. 그러나 지금 나는 방에 조용히 있거나 아침 식사를 할지를 결정하느라 40분 또는 90분까지도 걸린다. 새삼 고든의 부지런함과 단호함에 놀라곤 했다.

나는 문득 떠올린 고든을 그리워하면서 밀크커피를 마시고 싶어졌다. 밀크커피는 질이 가게마다 조금씩 다르다. 그러나 '쭈모 데 나란하 프레스카' 라는 신선한 오렌지 주스는 가장 맛있는 것이기에 가게마다 질이 다른 밀크커피를 마시는 것보다 더 나은 선택일수 있다. 어디서나 그걸 보면 마시고 싶어지기 때문이다.

이제 걷는 것은 기술자처럼 아주 정밀하게 되었다. 내 불쌍한 발과 다리의 여러 가지 고통을 없애기 위해 나는 체중을 분산하고 전진하는 실험을 했다.

사랑하면 산티아고로 떠나라, 그녀처럼

예를 들면 내 체중이 제 위치의 발 위에 있지 않으면 무릎에 날카로운 통증이 온다. 그래서 양쪽 발에 균형을 잡고 살짝 앞으로 기대어 미는 것이 중요하다. 지팡이 위치도 중요하다. 그래야 팔도 무게를 어느 정도 감당할 수 있고, 그래서 전체 움직임은 마치 무언극을 하는 것처럼 보인다.

내가 느끼는 통증은 많은 정신적 고뇌를 하게도 한다. 이 고통들은 내가 걸으면 같이 따라오면서 내 마음을 계속 점령한다. 하지만 동료 순례자들과 대화를 하며 서서히 걸으면 고통을 잊기도 한다.

결론적으로 말하면 나는 내 육체 때문에 좌절했다. 내가 출발하기 전에는 이것이 육체의 도전이라고 생각했는데, 막상 출발하고 보니 어떤 면에서는 더 감성적인 면이 있다는 것을 알았다.

내가 어른이 된 후의 모든 생을 통하여 나는 산악 트레킹을 위해 세계 곳곳을 돌아다녔고, 그것은 이 순례보다 더욱 힘든 것이었다. 그러나 내가 겪고 있는 지금의 고통은 이전에 경험해 보지 못한 것이다.

아마 나이 문제이겠지만 정말 황당하다. 이것은 결국 단지 걷는 문제일 뿐이다. 이전에 해보지 않은 가장 가벼운 짐을 졌는데 말이다. 그렇다면 좋다. 내 좌절과 육체적 한계는 이걸로 됐다. 이제 다시 걷는 것이다.

우리가 끝없는 평원인 마세타스에 도착했을 때, 길은 벌써 며칠 동안 가없는 평야로 이어졌다. 앞으로 나흘간은 작은 언덕 하나도 못 볼 것이다. 여기가 그 유명한 단조로운 경치로 소문난 곳으로 길게 똑바로 난 길을 6-7일 정도 걷는 수고를 해야 한다.

오늘은 약간 경사진 길이 나왔다. 그래서 순진하게도 즐거운 순간을 맞았다. 냇가를 보며 이야기 하던 하르트무트에게 나는 즐거운 환호성을 질렀다. 우리는 바보처럼 웃어댔다.

이테라 데 라 베가에 있는 숙소에 도착하니, 밝은 벽화가 붙어있고 근사한 선술집도 하나 있었다. 첨단 유행의 젊은 토박이들이 모이는 만남의 장소처럼 보였다. 자주 내리는 비를 피하기 위해 설치한 정자에는 난로를 하나 피워놓고 젊은이들이 담배를 피고 있었다. 실내에는 동네 어른들이 텔레비전을 보며 북적대고 있었다.

사랑하면 산티아고로 떠나라, 그녀처럼

첫날부터 함께 했던 한국에서 온 유쾌한 청년인 경원과 함께 점심을 했다. 그러나 그는 많은 사람들과는 달리 하룻밤도 머물지 않고 그냥 앞으로 내달려 가버렸다. 나의 조국에서 온 청년과 함께 하고 싶었는데 많이 아쉽고 서운했다.

숙소 그 자체는 별로 매력적이지 못하고 잘 알려지지도 않은 것이었다. 작은 방에 침대가 8개 있었다. 무지하게 춥고 주방과 샤워도 별로인데다 비위생적이었다. 그래도 하르트무트와 오시와 내가 있으니 이 상황이 호강이라고 생각하기로 했다.

저녁에 하르트무트가 우리를 위해 요리를 하겠다고 했다. 그는 요리뿐 아니고 시장에도 갔다. 비가 오면 비옷을 입고 가야하므로 보통일이 아닌데도 말이다. 나는 멋진 침낭 속에 머물렀다. 오, 이 편안함! 저녁 식사도 너무 맛이 좋았다.

우리는 지역 상점에서 하르트무트에게 추천한 브르고스 레드와인을 한 잔하기로 했다. 별로 취하지 않아 설탕을 넣고 데웠다. 그는 좀 더 확실하게 하려고 리오하 와인을 구하러 달려 나갔다. 결국 우리는 프라이팬에 마실 수 없는 와인을 만들어 엉망이 되어버렸다.

근처 바에서 술을 한 잔 하는 것이 낫다는 것을 알았다. 텔레비전 축구 경기가 지역민들을 모두 불러냈나 보다. 숙소와 바의 주인으로 보이는 아주머니는 오시가 바 뒤편으로 걸어 들어가 우리가 마실 것을 스스로 잔에 따라도 눈 하나 깜짝하지 않았다. 스페인식이긴 해도 이 방법이 건강을 위한 길일 것이다.

어떤 남자 하나가 오시를 '빨간 망토의 소녀'라고 부르면서 일자리를 하나 주겠다고 했다. 아주 진지하게 이야기해서 오시도 약간 마음이 흔들렸나 보다. 밤은 깊어갔고, 우리는 아침 6시 알람은 설정하지 않기로 했다. 제이드와 죠지는 이제 우리 바로 뒤 10km까지 왔다고 메시지를 보내왔다. 그들이 우리를 따라잡을 것 같아 희망적이었다.

오시가 밤중에 짐을 싸서 떠나겠다고 하여 우리는 얼마나 놀랐는지 모른다. 그녀에게 시간을 물었더니 8시 반이라고 했다. 믿을 수 없었다. 우리가 보딜라 델 까미노에서 두 번째 아침 식사를 위해 멋진 숙소에 멈췄을 때, 드디어 제이드와 죠지를 만났다.

나는 고통을 선택할 수가 없다.
단지 고통이 나를 선택한다.

camino 열다섯

고통과 환희

걷는 것을 포함해서 모든 것이 당분간 보류되었다. 오늘 오후에 격렬한 구토가 났기 때문이다. 아침에 매스꺼움을 느끼면서 서서히 출발했으나 점심 식사를 위해 우리가 멈추었을 때 점심도 먹지 않은 상태로 화장실에 갔다. 순례길 최악의 날로 기록될 것이다.

점심 식사가 시작되자 나는 피자를 꾸역꾸역 먹으려고 시도했고 더이상 걷지 못하겠다는 것을 알아차렸다. 나는 우선 가능한 방을 찾았다. 홀로 쓰는 침대와 화장실이 필요했다. 공동으로 쓰는 방에서는 토할 수 없기 때문이었다. 빨리 방에 들어갈 수 없었다. 사실 키를 거머쥐고 3시간이나 지난 뒤에야 방에 들어갈 수 있었다.

나의 멋진 친구들은 다음 마을까지 갔다. 나는 다음날 아침이 되자 구토가 멎고 몸 상태가 좀 나아져서 저녁 때 사하군에서 친구들을 따라잡을 수 있기를 기대했다.

한갓 벌레와 같은 관점에서 바라보는 우주는
얼마나 놀라운 일인가.

camino 열여섯

변태, 껍질을 벗다

19일째 녹초가 되어 출발했다. 새벽 3시부터 깨어 있었다. 나는 내 나이와 약한 몸을 원망했다. 다리는 열이 나서 경련을 일으켰고 결국 침대에 머물게 했다. 아무래도 시간이 좀 걸릴 것 같았다. 하루 정도는 더 쉬어야 될 것 같았다. 오늘은 30km를 가야 하는 날이다.

에든버러에서 온 나의 멋진 친구 로젠나는 지난주에 벌써 나에게 제 안하기를 시간에 쫓기지 말고 까미노 순례여행을 끝내기 위해 약 1주일간의 휴가를 더 내라고 했었다. 문제는 돈이었는데, 지금 나는 그것을 심각하게 생각하고 있다.

나머지 새벽 시간은 글을 쓰며 보냈다. 그리고는 붕대를 감고 진통제를 바르는 일상적인 일을 했다. 이것은 런던에 있는 구급의료사 친구인 그레이미 던이 권유한 것이다. 그 다음에 약간 늦은 출발 시간인 오전 8시 30분에 커피를 하기로 한 약속 장소로 나갔다.

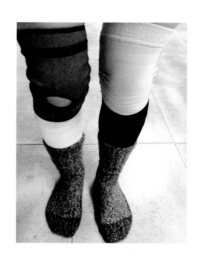

제이드, 죠지 그리고 하르트무트 이 세 명의 정겨운 모습이 보였다. 그들이 내게 "안녕! 좀 나으세요?" 라고 물었다. 나는 이 한 마디에 울음을 터트리고 말았다. 나는 그렇게 좋지 않았다. 나는 며칠 더 휴식이 필요하며 순례를 제 때 끝낼 수 없을 것 같았다. 그래서 약 한 주의 휴가를 더 낼까 하는 생각도 했었다. 하지만 경제적인 사정도 마땅치 않은 상태이기에 나는 어떤 결정도 쉽게 하지 못하고 있었다.

이런 와중에 친구들은 친절하고 대단히 실용주의적인 반응을 보여 주었다. 우선 그들은 나에게 버스를 타고 한 두 구간을 가서 육체의 휴식을 취하라고 했다. 지난 눈 오던 날 언덕을 오를 때 그들은 이미 그렇게 했었다. 그들을 그렇게 포기하지 말라고 몰아붙인 사람이 나였다고 그들이 폭로했다.

나는 그때 버스를 탄 것이 실패는 아니라고 생각했다. 그러나 내가 그렇게 하는 것은 내 기질상 아니라는 것을 안다. 신념과 다르지만 에든버러에 있는 우리 동네에서는 나도 버스를 탄다. 그러나 여기 순례길의 이런 상황에서는 아니라고 생각했다.

사랑하면 산티아고로 떠나라, 그녀처럼

"항상 선택의 여지는 있는 법이야!" 내가 항상 하는 말인데 그들이 나에게 거꾸로 갖다 붙였다. 한참 생각한 끝에 하르트무트가 내 짐을 옮겨주겠다고 했다. 숙소에서 다음 숙소까지 짐을 가져다주는 회사에 맡기면 된다고 했다. 많은 다른 순례자들이 그렇게 하는 것을 본 적이 있었다.

나는 기운을 차려 그 회사 이름을 기억해냈다. 그 이름은 '제이콥트랜스'였다. 갑자기 즐겁고 활기가 넘쳤다. 숙소에서 일하는 사람이 내게 내 이름과 다음 행선지를 쓴 봉투를 내밀며 7유로만 거기 봉투에 넣어주면 다 해결된다고 충고해 주었다. 그리고 그는 내가 하루 동안 필요로 할 작은 가방 하나를 주었다. 마치 아이들이 수영장 갈 때 메는 것 같은 작은 어깨가방이었다.

출발 후 나는 순례자 친구들이 베풀어주는 따뜻한 우정과 동료애, 그리고 도움 덕분에 회복이 되었다. 나는 몇 킬로가 빠진 듯 아주 가벼운 느낌이었다. 그들은 아주 작은 것에서부터 내게 너무 친절했다.

우리는 오늘 렐리에고스의 숙소까지 30km를 전력을 다해 가야하므
로 슈퍼마켓을 들르지 않고는 출발할 수가 없었다. 가는 길에 점심
식사를 할 장소가 없으므로 우리는 먹을 것을 짊어지고 갔다. 이곳
스페인은 밤의 나라이고 낮잠의 고장이라 우리는 문을 열 때인 10시
30분까지 기다려야 했다.

이제 우리가 다시 마세타스 평원의 탁 트이고 넓은 길로 접어들자,
분위기는 가벼워졌다. 오늘은 아름다운 고대 로만로드를 택했다.

사랑하면 산티아고로 떠나라, 그녀처럼

열정적인 과학자인 죠지에 의해 이야기는 양자역학과 물리학 쪽으로 흐르고 있었다. 원자 이야기에서 다중우주와 시간여행으로 화제가 바뀌었다. 이때 제이드는 그녀의 신발에 박힌 돌을 뽑아야 했고, 순간 나는 내 아픈 무릎 근육을 스트레칭 할 기회를 잡았다. 이때 남자들이 앞으로 나서서 계속 한 시간 이상을 이끌고 갔다.

이 시간 동안 제이드와 여러 가지 주제에 이야기를 집중하고 있었다. 육체를 포함해서 몸의 신호나, 알코올중독 또는 우울증 등을 무시하고 머리로만 할 수 있는 이야기로 발전되고 있었다. 매우 신나는 일이었다.

남자들이 아직도 과학과 우주에 대해 수다를 떨고 있을 때 우리가 그들을 따라잡았으니 얼마나 즐거운가! 그들 이야기의 맨 끝부분은 항상 이런 식이었다. "한갓 벌레와 같은 관점에서 바라보는 우주는 얼마나 놀라운가.……."

우리는 순례길을 걸으면서 많은 시간을 함께 웃고 이야기하는데 보냈다. 아직도 마세타스는 16km가 남아 있는데, 거의 중간쯤에서 우리들이 벌인 소풍은 정말 최고였다. 초콜릿 비스킷을 이용한 기발한 낱말놀이로 끝을 맺었다.

사랑하면 산티아고로 떠나라, 그녀처럼

누구든 나에게 마세타스가 따분한 곳이라고 말하는 것은 싫다. 순 례자들은 마세타스에서 6일 혹은 7일간 끝없는 단순함과 지루함에서 살아남는 정신적 스테미너가 있어야 한다. 오늘은 바라보기에 가장 황홀한 경치가 펼쳐졌다. 온갖 아름다운 것들로 가득했다. 넓게 펼쳐진 갈색 들판, 초원, 눈 덮인 산, 곤충과 새, 달리는 구름 등 등……. 물론 이런 것은 4-5일간 비가 그치고 해가 나서 맑아야 가능한 일이다.

렐리에고스로 들어가기 전에 간단한 우박 폭풍이 불었지만 우리는 마침내 30km를 주파했고 그 해방감은 우리를 샤워도 하기 전에 선술집으로 향하게 했다. 우리가 '엘 엘비스 델 까미노 데 산티아고'라는 선술집에 들어갔을 때 그 기쁨이 어떠했는지는 표현 할 수가 없을 정도였다. 이곳이 오늘의 최종 목적지였다.

주인장은 유별났다. 전설적인 사람이란다. 세르베짜 맥주가 흐르고 끝없이 공짜로 나오는 치즈와 자몽 슬라이스, 그리고 둥근 치즈와 이베리아 돼지고기, 홍합요리 등등……. 이 모든 요리는 삶은 야채 요리인 파나체와 유쾌한 선율의 휘파람, 우리가 이해할 수 없는 떠들썩한 스페인 농담과 함께 나왔다.

내가 잠에서 깨어날 때 언제 이런 날이 다시 올지는 도무지 예측할 길이 없었다.

한 사람의 상태를 변화시킬 수 있는 마음의 힘은
빛 하나 만으로도 가능하다.

불면증으로 인해 보통 하루에 3-4시간 정도만 자는 것이 계속되었
다. 아무리 공기가 좋고 힘든 나날이 계속되어도 소용이 없었다. 약
이나 술도 아무 효과가 없었다. 나는 내 생애의 이 순간부터 이보다
많이 자는 것은 필요 없다는 것을 인정해야 할지 모를 일이다. 그러
나 어떤 경우에도 두려워하지 말아야 한다.

마지막 며칠은 도전적이었다. 나쁜 날씨 때문에 모자를 덮어쓰고 머
리를 숙였다. 비바람을 맞으며 허리를 구부리느라 정신이 없었다.
좋은 날씨에는 대화가 자유롭고 자연스럽게 흘러가는 화제에 참여
할 수도 있는데 이런 나쁜 날씨에는 속수무책 걷는 일밖에 할 수 있
는 일이 없었다.

날씨와 나의 육체적 컨디션 간에 어떤 연관이 있는지 알 수 없지만,
비가 오면 모든 것이 나빠지고 고통스러워 숙소로 돌아와 다시 한 번
짐을 다음 목적지로 부쳐야 했다. 나는 고통이 충분히 나아질 때까지
이 서비스를 계속 받아야 하겠다고 결정했다.

오늘은 햇볕이 나와서 모든 것이 좀 나아졌다. 아마 잠을 좀 더 잔 것과 완전히 몰두한 대화 때문일 것이다. 한 가지 더할 것은 지난 며칠 동안 나는 눈으로 찍은 일정한 장소 마다 멈춰서 정강이와 발목의 근육을 푸는 습관이 생겼다. 수백 미터 간격으로 멈춰 서서 황새처럼 몸을 푸니 동료들이 아주 즐거워했다. 그것이 나를 적당하게 천천히 가게 했고 아주 큰 도움이 되었다.

사랑하면 산티아고로 떠나라, 그녀처럼

오늘 아침 레온에서 죠오지는 그의 치아 교정기를 마지막 숙소에 두고 왔다는 사실을 알았다. 물론 엘 엘비스 바에서 그날 밤 과도하게 즐긴 것과는 아무 상관이 없지만 말이다.

내가 이용했던 짐 운반 서비스는 돈을 먼저 주지 않으면 절대 배달해주지 않았다. 우리는 그곳에 그 물건이 있는지 알아보려고 했으나 거기 있는 누구와도 연락을 할 수가 없었다. 어찌할 방법이 없어 죠지가 돌아서 가는 수밖에 없어서 제이드도 따라 갔다.

곧 다시 만날 것은 확실하지만, 여기서 오시는 우리와 갈라져 오늘 저녁에 다른 마을로 갔다. 하르트무트와 나는 식사를 한 곳에서 불과 수백 미터 떨어진 곳에서 커피를 마시기 위해 멈췄다. 그러고 나서 또 다음 식사와 커피를 위해 겨우 몇 킬로미터 떨어진 곳에서 멈췄다.

우리 단 둘이만 있으니 우리는 서로의 걸음걸이 속으로 빠져들었다. 자연스럽게 걷는 속도보다도 더욱 느려졌다. 그러나 대화는 즐겁고 더욱 자유분방해졌다. 나는 내가 우연히 나의 여권을 분실하고 다시 찾은 적이 얼마나 많았는지 알고 있다.

일상생활에서는 열정이나 여유가 없어 할 수 없는 대화의 주제를 여기서 다룬다는 것은 사치스러운 일임에 틀림이 없다. 우리는 온갖 질문을 했다. 한 사람의 상태를 변화시킬 수 있는 마음의 힘은 물론 과거와 현재의 삶에서부터 빛 하나 만으로 사는 것에 이르기까지 다양했다.

나의 규칙적인 문자 교신으로 알아냈는데, 제이드와 죠지는 우리들의 두 번째 식사 장소에서 조금 지나 약 2분 간격으로 우리를 따라오고 있었다. 그들이 레온의 대중교통에 지쳐서 택시를 타고 46km를 달려가 다시 우리와 같은 거리를 걸어왔다니 정말 대견했다. 그들은 레온 외곽에서 우리를 따라잡았다.

그럴 수밖에 없지만 레온은 도시가 확산되고 있었다. 우리는 수 킬로미터의 아스팔트길을 걸어야 했다. 그러나 나는 큰 도시들인 로그로뇨, 팜플로냐, 부르고스를 생각하면 우리는 많은 산업지대를 걸어야 했고 외견상 끝도 없는 아스팔트길을 터덜터덜 걸어야 했다.

죠지 자신도 나처럼 예기치 못한 뜻밖의 시간을 경험한 것이 판명되었다. 렐리에고스 숙소로 돌아가는 길에 그 어떤 연락도 숙소 주인으로부터 받은 것이 없었다. 그러나 거기에는 아직도 순례자가 남아 있었고 막 짐을 싸서 출발하려는 참이었다. 죠지가 그의 치아교정기를 못 봤느냐고 묻자, 그는 아무 대답이 없었다. 좀 더 자세하게 설명을 하자 그 순례자는 자기 짐 속에서 끄집어내어 주었다. 그는 그것을 다음 목적지까지 가서 혹시나 모르니 거기다 놔 둘 생각이었다고 한다.

죠지는 그가 순례를 막 시작했을 때 로그로뇨에서 비슷한 방식으로 그의 모자를 찾은 이야기를 했다. 그는 낮에 모자를 잃어버렸다는 것을 알았고 그걸로 끝이라고 생각했다고 한다. 그가 사랑하는 모자의 최후였다. 그러나 그 다음 숙소의 선반위에 그의 모자가 있을 줄이야. 마르셀이란 사람이 혹시나 해서 그것을 주워 다음 숙소에 갖다놓은 것이 밝혀졌다. 따뜻하고 아름다운 순례의 마술이다.

순례여행은 내 생에 무엇을 남겨놓기를
원하는지를 생각하게 한다.

camino 열여덟

돌을 위한 준비

'크루즈 데 페로의 돌'에 대한 문제는 그 돌 자체의 무게 보다 내 마음
이 더 무거웠다. 그 돌의 목적은 순례여행 중 우리들의 고뇌를 돌과
함께 크루즈 데 페로에 버리는 것이다.

크루즈 데 페로까지 이제 딱 하루가 남았는데 나는 무엇을 돌과 함께
버려야 할지 결정하지 못했다. 원래 나는 내 단짝인 데이비드와 그
가 최근에 앓고 있는 지병을 위해 돌을 갖고 가기로 했었다. 그러나
많은 생각 끝에 나는 이렇게 가장 어려운 육체적 단계인 오 세브레이
로 오름길을 그에게 넘겨주기로 결심했다. 우리보다 먼저 이곳을 순
례한 고든의 블로그에 이 오름길과 그의 '크루즈 데 페로의 돌' 에 대
해 상세하게 쓰여 있던 것을 다시 떠올리며 내 생각이 헛되지 않았다
는 것에 기뻐했다.

이것은 순례여행 중 크루즈에서 내가 내 생에 무엇을 남겨놓기를 원하는지를 생각하게 한다. 어떤 이유 때문인지 그것을 결정하기가 아주 어렵다. 내가 어떤 부담이나 이유 때문에 그 어떤 선택을 하더라도 그것은 내가 이상하리만치 잃어버리기 싫은 그 어떤 요소가 있기 때문임을 알았다.

사랑하면 산티아고로 떠나라, 그녀처럼

오늘 아스토르가에서 첫 번째 식사를 한 후 하르트무트와 함께 걸었다. 아름다운 날이었다. 비록 무릎은 아팠지만 걷기도 비교적 쉬웠다. 사실 어제는 고통이 없는 날이었다. 내 몸이 그 소식을 전했기에 살짝 이야기하는 것이다. 우리는 아주 부드럽게 가면서 내 '황새 몸짓'과 마실 것으로 힘을 충전하기 위해 자주 멈춰 섰고, 그것은 정말 도움이 되었다.

돌에 대한 이야기를 하자면 하르트무트는 나의 생각을 정리할 수 있게 나에게 조사하듯이 당돌한 질문을 했다. 하르트무트는 드레스덴에서 온 등산 기자다. 그는 남의 이야기를 조용하고 신중하게 듣는 멋진 사람이고, 사려 깊은 질문자이며 영리하고 따뜻한 조언자이기도 하다. 내가 그를 순례여행의 동행으로 만난 것은 행운이었다.

사랑하면 산티아고로 떠나라, 그녀처럼

남편 고든이 죽은 후 나는 줄곧 우리들이 처한 상황의 긍정적 측면
에 초점을 맞추고 머물려는 노력을 해왔다. 고든도 그랬을 것이지만
뒤돌아보지 말고 앞을 향해 나아가기를 바랐다. 어떤 면에서는 우리
들의 힘차고 찬란했던 과거를 돌아보는 것도 괜찮은 일일 것이다.

작은 언덕 위에 있는 조그만 숙소에 도착하니 크루즈 데 페로까지는
2km 밖에 남지 않았다. 다음날 아침 일찍 크루즈 방문이 가능한 거
리다. 제이드와 죠지가 우리를 위해 친절하게도 방 두 개를 예약해
놓았다. 숙소 구내식당에서 식사를 하고 나자 그들은 멋진 기타 연주
와 노래를 선사했다. 몇 명의 사람들이 나서서 라이브 공연에 참가하
여 드럼을 치고 노래하며 춤을 추었다. 한때 고든도 여기서 한없이
즐거워했던 것처럼 나도 즐겁고 명랑한 저녁이었다.

나의 작은 행위 하나도 다른 사람의 업karma에 영향을 미치지 않기를 바라는 마음은
완벽하지 못하지만 아주 값진 것이다.

크루즈 데 페로

지나간 날들은 치열했었다. 순례여행 중 나는 가장 중요하고 대단한 두 개의 일을 위해 창조적인 작전계획을 세우고는 실행했다. 그것은 바로 '크루즈 데 페로'와 '오 세브레이로'다.

내가 결국 크루즈에 올랐을 때 문득 그것은 내가 바라던 것이 아니었다. 모든 사진들과 심지어 내가 찍은 사진을 보아도 그것은 산꼭대기 아주 외진 곳에 있는 것처럼 보인다. 아주 드라마틱한 장소 말이다. 그런데 사실은 그것이 큰 도로 곁에 있는 조그만 오솔길 옆에 있었다. 그 근처에 소풍 장소도 있었다. 상황은 그렇게 드라마틱하지 못했다.

사랑하면 산티아고로 떠나라, 그녀처럼

식사를 하고 나는 뒤에 남아서 요가를 하기로 했다. 폰체바돈에 있는 '몬테 이라고' 숙소의 멋진 사람들이 진행하는 것이다. 제이드, 죠지와 하르트무트는 그날 앞서 갔다.

그 강좌는 도보여행자들을 위해 완벽하게 설계되어 있었다. 우리가 꼭 필요로 하는 모든 중요한 근육과 관절을 위한 완벽한 준비운동이다. 반 이상의 참가자들이 그 숙소에 있는 자원봉사자들이었다. 우리는 음악에 맞춰 소리치며 피로를 풀었다. 분위기는 가족적이고 잘 보살피는 배려가 있었으며 창문 너머 경치는 너무 아름다웠다. 폰체바돈은 해발 1,400m 언덕 위에 있다. 매일 아침이 이와 같이 시작되었으면 좋겠다.

사랑하면 산티아고로 떠나라, 그녀처럼

내가 출발했을 때는 거의 열시가 다 되었었다. 그런데 믿을 수 없을
정도의 속도가 나왔다. 나는 많은 순례자를 앞질렀고 그들 중에는
지금까지 본적이 없는 사람도 있었다. 아마도 그들은 내 뒤에 있는
한 두 개의 숙소 간격 차이로 따라오다가 내가 요가를 한다고 머무는
동안 앞지른 것으로 보였다. 내 속도에 놀라 다들 한 마디씩 했다.

나는 기분이 최고였다. 순례여행에서 처음이었고 지금까지 내게 어
떤 고통도 없었던 것처럼 나는 확신에 찼다. 얼마나 편안하고 즐거운
지! 아름다운 길에서 심호흡을 했다. 홀로 걸으면서 내 마음 속의 짐
인 돌을 내려놓을 준비를 할 수 있어 한없이 고마웠다.

거기 홀로 온 미국 남자 한명이 있었다. 그가 내게 사진을 찍어주겠다고 하기에 내가 거절하면 멋쩍어할까 봐 그렇게 하라고 했다. 그러나 나는 솔직히 좀 더 평화롭고 조용한 것을 원하고 있었다. 내 뒤에는 꼬리를 물고 수많은 순례자들이 따라왔고 나는 더 빨리 그 돌무더기가 있는 곳으로 향했다.

나는 작은 돌 위에 앉아 이것이 다른 사람의 업^{karma}에 영향을 미치지 않기를 바랐다. 돌을 끄집어내서 만져보았다. 무겁고 튼튼해서 반가웠다. 또한 완벽하지 못한 놈을 선택한 것이 다시 반가웠다. 양쪽 귀퉁이가 깨진 것이다. 거기서 돌에 글을 쓰기로 했다.

거친 글씨로 서서히 쓰는데 펜이 다 닳아 버렸다. 그 미국인이 아직
도 들어오는 사람들에게 자신들만의 사진을 찍어주겠다고 하는 소리
가 들렸다. 나는 내가 이 순례자의 풍경 속에서 그들의 사진 가운데
앉아 한 점으로 남았다는 것을 알았다. 그러나 나는 다시 펜을 구해
남길 메시지에 열중하고 있었고 이렇게 값진 순간을 위해 나의 자리
를 찾았다고 느꼈다.

크루즈 데 페로를 떠난 지 얼마 지나지 않아서 내가 취한 그런 상징
적 행위의 효과를 느꼈다. 감정의 파도가 나를 휩쓸고 돌면서 나는
또 하나의 새로운 여정이 시작됨을 알았다.

순례에서 항상 새로운 얼굴을 발견하는 것은
사막에서 오아시스를 만나는 것처럼 즐거운 일이다.

오 세브레이로를 향하여 부는 폭풍

오 세브레이로로 가는 데는 세 개의 길이 있다. 하나는 고속도로 옆으로 가는 것으로 낮은 지대의 길이다. 지름길이지만 달리는 차들 곁으로 가야 한다. 다른 하나는 제법 높은 700m 오름길을 가야 하는 것이고 마지막은 완전 산악지대로 세 개의 언덕을 넘어서 가는 길이다.

제이드와 죠지의 오스트레일리아 안내책자는 마지막 길에 열광적으로 찬사를 보내고 있다. 지난주의 여정을 감안하여 우리는 더욱 도전적인 길을 택하기로 결정했다. 마지막에 1,400m의 '오 세브레이로'를 올라야 하는 큰 선택이다.

사랑하면 산티아고로 떠나라, 그녀처럼

하르트무트는 처음으로 생긴 그의 발바닥 물집 때문에 말없이 고통을 겪고 있었다. 그래서 어제 저녁에 우리는 '마지막 밤'을 즐기는 순례자들과 함께 중앙 광장에서 아주 맛있는 햄버거를 먹으며 중간 난이도의 길을 택하기로 합의했다.

그리고 우리는 어떻게 걸으면 효과적인가 하는 전략적 계획을 세웠다. 오늘 산꼭대기에서 약 5km 아래 있는 라 파바까지만 가기로 했다. 사실 오늘은 28km를 가야 하는 날인데, 이미 오 세브레이로를 향해 출발은 했지만, 나머지 대부분은 내일 우리가 좀 더 기운을 회복한 후에 걷기로 하고 남겨두었다. 우리 일행들은 매우 현명한 사람들이다.

빌라프랑카 데 비에르자를 떠나면서 길이 갑자기 험난해졌다. 어제 밤에 위협적이었던 폭풍은 실망스럽게 그칠 줄 모르고 하늘도 꽉 막혀 버렸다. 오름길은 가파르고 끝이 없었다. 그러나 이번만은 강인함을 느끼고 싶어 굳은 결심을 했다.

이것이 단짝인 데이비드에게 바치는 순례여행의 시작이었다. 그리고 이것은 틀림없이 나의 결심을 더 단단하게 했다. 나는 끊임없이 펼쳐진 45도 경사의 길을 천천히 오르는 좋은 방법을 알아냈다. 그리고는 멈추지 않고 약 한 시간 이상을 계속 걸었다. 첫 번째 언덕의 꼭대기에 올랐을 때 나는 다른 사람들이 따라올 때 까지 좀 기다려야 했다.

우리의 고행을 위로하는 듯 경치는 무척 아름다웠다. 그러나 고압철탑으로부터 들려오는 거대한 바람소리가 거기 있었다. 이 거대한 고압철탑의 바람소리는 이상하게 내 뇌리 속을 흔들고 있었다. 나는 이 이상하고 신비한 소리가 다시 듣고 싶을 때가 있을 거라는 예감이 들어서 녹음했다.

우리는 아주 영리한 도마뱀 한 마리를 만났다. 그놈은 길을 가로질러 길가의 나뭇잎 속으로 들어갔다. 도마뱀의 벼슬은 아주 밝은 청색과 녹색 그리고 검은색이었다. 녀석은 내 폰 카메라의 줌 기능을 얕잡아보고 작은 가지 위에서 불안정한 자세로 포즈를 취했다.

어제 밤에 높은 고도에서 자라는 밤나무 군락 숲에 대해 읽었지만,
이런 환경에서 나는 미처 그 아름다움을 느낄 준비가 되어있지 못했
다. 숨 막히는 그리고 지금까지 경험하지 못했던 넓고 평화로운 광경
이었다. 우리는 퍼질러 앉아 인생에 대해 생각했다.

힘들게 올라가니 큰 보상이 있었다. 이번에는 다음 계곡을 향해서 길고 완만한 경사의 내리막길로 접어들었다. 우회로를 따라 약간 둘러서 가니 매혹적이고 오래된 마을이 나왔다. 거기는 자력으로 만들어 먹는 다과가 있는 곳이었으나 실망스럽게 초인종을 눌러도 아무 대답이 없었다.

사랑하면 산티아고로 떠나라, 그녀처럼

우리는 단 하나 밖에 없는 식당이 있는 계곡 아래로 곤두박질치듯이
내달렸다. 찾기는 무척 어려웠지만 일단 문을 열어놓고 우리를 환영
했다. 홀로 오는 손님의 사진을 찍어주기도 했다. 그때부터 해가 구
름을 위협하여 한쪽으로 밀어내버렸다. 찬란한 햇빛이다. 폭풍직전
의 고요라고 할까.

나는 길이 강 하나를 두고 몇 번을 가로질러 왔다 갔다 하면서 몇 번
을 건너가는지 헤아린다고 정신이 팔려 해와 구름이 어떻게 숨바꼭
질하는지에 대해 관심을 갖지 못했다. 강을 건넌 것이 전부 일곱 번
을 넘었다. 길이 구불구불한데 자동차 도로를 가로지르거나 밑으로
통과하기를 몇 번을 반복했다. 그래서 어제 저녁부터 불기 시작한
폭풍을 까맣게 잊고 있었다. 그것이 다시 살아나서 불어 닥칠 태세
였다.

첫 비가 내릴 때 나는 운 좋게도 세심한 주의를 기울여 비옷을 입고
있었다. 하르트무트도 그렇게 했지만, 용감한 호주 사람들은 그들
의 속옷이라고 하는 짧은 바지에 러닝셔츠를 입고 앞으로 내달렸다.

폭풍은 알 수 없는 것이다. 불규칙하게 굉장히 빠르기도 한데, 그냥 보기에는 일정한 모습이 없어 보이기도 한다. 아직 앞에는 푸른 하늘이 빛나고 있지만 동시에 번개가 번쩍이기도 했다.

그날까지 내 무릎보호대가 아주 멋지고 튼튼하게 느껴져서 세찬 빗줄기 속으로 힘차게 걸었더니 무릎은 내게 통증이라는 복수를 해오고 말았다. 이렇게 몇 킬로미터를 더 가서 우리는 모두 모여 낡은 외양간 처마 밑에 옹기종기 붙어 앉았다. 그 외양간은 감질나게 문을 열지 않은 숙소 바로 옆에 있었다.

지금까지는 우박과 비가 그칠 때까지 이동해야 할 이유가 없어보였다. 죠지는 아직 러닝셔츠와 팬티 차림이었고 완전히 젖어버렸다고 말했다. 그래서 그에게 방수복은 별 의미가 없다는 것을 알 수 있었다. 하지만 우리는 열대지방에 있는 것이 아니므로 점차 추워지기 시작했다. 우리는 최대한의 방수복 차림으로 정비했다.

갑자기 번개가 치더니 천둥과 함께 우리가 서있는 바로 앞에 벼락이 떨어지는 것을 보았다. 소리가 얼마나 컸던지 나는 비명을 지르면서 손으로 귀를 막고 땅에 납작 엎드렸다. 우리는 틀림없이 폭풍의 눈 속에 있었다.

사랑하면 산티아고로 떠나라, 그녀처럼

비가 잦아들기를 기다리는 것 보다 그냥 이동하는 것이 낫다고 판단했다. 그래서 비가 약간 주춤할 때 우리는 다시 움직였다. 머리를 숙이고 천천히 뚜벅뚜벅 걸었다.

다른 무리들이 내 옆으로 달려갈 때 나는 뒤에서 어린애처럼 천천히 걸으며 얼마 전 겪었던 내 무릎의 고통을 생생하게 기억해 냈다. 나의 황새 흉내를 내는 동작은 정말 유익한 것으로 판명되었다.

우리는 다시 전략을 짜기 위해 다음 마을에서 멈췄다. 목적지인 라파바까지 갈려면 아직 9km가 남았고 마을을 네 개나 더 지나야 한다. 지금 분위기와 상황으로 봐서 거기까지 간다는 것은 무리였다. 그래서 우리는 약 4km 떨어진 라 파바 직전 마을인 헤레리아스까지만 가기로 결정했다.

나는 다시 뒤에 쳐졌다. 다음 마을인 루이텔란이 2km 밖에 남지 않았다. 헤레리아스는 또 거기서 2km를 더 가면 된다. 내가 기진맥진할 때 2km라는 표시가 더욱 기운을 빠지게 했다. 아마도 심리적 요인 때문일 것이다. 지난번 혼타나스로 가면서는 30km를 걸었고 제이드와 죠지는 부르고스까지 돌아가기도 하지 않았던가. 그런데 마지막 2km 남았다는 이정표가 사람을 죽일 것 같고 심리적 압박은 더해 왔다.

사랑하면 산티아고로 떠나라, 그녀처럼

루이텔란에서 죠지가 주차해 놓은 농부의 트럭 뒤에 숨었다가 뛰어 나오면서 "여기 있어!"라고 소리쳤을 때 얼마나 놀라고 안도했는지 모른다. 그는 나를 어느 집 뒷문으로 데리고 들어갔다. 그 집은 스코 틀랜드 서쪽 해안 킬라니쉬에 있는 나의 오래된 학교친구 바바라의 집처럼 생긴 오두막이었다. 갑자기 편안해졌다.

숙소는 자그마했다. 경사진 천정이 모든 것을 더 작게 보이게 했다. 체크인을 하는 남자는 머리카락을 면도기로 밀었고 얼굴 한쪽에 칼 자국 흉터가 있었다. 약간 무섭게 보였지만 금세 친근하게 느껴져서 따뜻하게 대할 수 있었다.

우리는 6개의 이층침대가 있는 방으로 안내되어 들어갔는데 너무 작 아서 마치 회전문을 열고 들어가는 것 같았다. 그러나 젖은 옷을 벗 고 나니 얼마나 편안한지 몰랐다. 따뜻한 샤워에 세탁 서비스까지 해 주니 너무 좋았다.

하르트무트가 그의 발바닥에 난 물집을 드러냈을 때 제이드가 깜짝
놀랐다. 물집이 너무 커서 그녀가 할 수 있는 유일한 치료법인 주사
기로 물을 빼내고 다시 축 늘어진 피부를 실로 꿰매어 물집이 더 생
기지 않도록 했다. 피부가 다시 깨끗하게 정리되었다. 그녀는 기술
과 확신을 갖고 수술을 했고 나는 감히 엄숙한 기쁨을 이야기 했다.
순례자의 식사가 오후 7시에 나왔다. 길고 깔끔한 의자에 14명이 앉
을 수 있게 준비를 했다. 새로운 사람들도 보였다. 항상 새로운 얼굴
을 발견하는 것은 즐거운 일이다.

내가 앉은 테이블 끝에는 뉴질랜드에서 온 3명이 있었는데 젊은 부
부와 여자의 아버지였다. 호주에서 몇 년 살았다는 미국 시애틀에서
온 여인은 다리 근육 치료를 위해 벌써 이 숙소에서 이틀을 머물렀
다고 한다. 나는 독일 라이프치히에서 온 아름다운 동독 자매들 사
이에 앉았다. 건너편 테이블에는 익히 보아온 낯익은 얼굴들이었다.

주인은 큰 잔치를 준비했고 그는 음식솜씨와 집 분위기에 자부심을
갖고 있는 것이 확실했다. 그는 여러 음악을 연주 한다고 했다. 나는
식사를 마치고 일찍 일어났다. 마침 시간은 소들이 잠을 자기 위해
떼 지어 거리를 따라 내려가는 때였다. 돼지도 있었다. 내일은 오 세
브레이로로 갈 것이다. 보통 일이 아니다.

가도 가도 오름길뿐인 험난한 길은 천천히 한발 한발 내딛으면서 가다보면
자신 안에 있는 두려움을 극복할 수 있는 기회가 된다.

나는 밤에 몇 번을 깨었지만 내 침낭의 안온함을 즐겼다. 방에서 신선함이 느껴진다 했더니 우리가 밤새 창문을 열어놓고 잔 것을 그제야 알게 되었다.

어제 저녁을 먹고 나서 우리는 아침 기상전화 벨을 울리는 시간에 대해 약간의 이견이 있었다. 하르트무트는 7시로 하자고 하고 나머지 순례자들은 7시 30분에 한 표씩을 던졌다. 그래서 결국 7시 30분으로 결정했다.

제이드가 여기에 대해서 약간 불만이었다. 그녀는 일찍 출발하고 싶어 했다. 요즘 보통 우리는 8시 30분에 출발하는데, 이것이 다른 때보다 약 1시간 늦은 시간이다. 그렇게 되면 우리는 목적지에 오후 6시경에 도착할 수 없고 그보다 더 늦어질 수도 있다.

사랑하면 산티아고로 떠나라, 그녀처럼

어떤 면에서 우리 모두는 너무 이른 시간이 아니라면 약간 일찍 가고
싶어 했다. 어떤 경우에라도 우리는 알람을 6시 33분, 6시 42분, 7
시, 7시 7분에 맞추기로 합의했었다. 만약 하르트무트가 우리 이야
기를 들었는지 모르지만 그는 결국 이른 시간을 원했다. 그러나 7시
가 지나자 숙소 전체는 집집마다 아베 마리아 노래 연주로 가득했다.

나는 그것을 수긍할 수밖에 없었고 그것을 즐겨야 했다. 음악은 나를
즐겁게 했고 말할 수 없는 감동을 주었다. 나는 음악을 하는 직업인
으로서 아주 행복한 여인이다. 헤아리며 기록하지 않아도 이렇게 빨
리 지나가는 축복의 날은 드물었다.

그것은 나로 하여금 음악에 맞춰 일어나야겠다는 생각을 하게 했다.
우리는 아침 식사를 하면서 마치 오페라의 아리아를 듣는 듯했다. 어
제 조금밖에 못 간 것을 만회하기 위해 오늘은 몇 킬로를 더 가야 하
지만, 나는 몸을 푸는 데 필요한 2킬로미터의 경사가 없는 평탄한 길
이 너무 반가웠다.

사랑하면 산티아고로 떠나라, 그녀처럼

우리가 만났던 모든 사람들이 오 세브레이로에 대해 말할 때에는 심각한 목소리로 말했다. 가도 가도 오름길뿐이더라고. 위대한 프랑크조차도 그의 책에서 "그것은 1,450m 높이인데, 너무나 가기 힘든 곳이다."라고 했다. 그 높이가 어제 우리가 올랐던 것의 두 배가 된다는 사실을 알았고, 영국에서 제일 높은 산 보다 높았다. 나는 아주 두려웠다.

아름다운 날이었다. 바람이 하늘을 깨끗하게 쓸어버려서 해가 저절로 나왔다. 우리는 정감어린 농담을 하며 서서히 올라갔다. 제법 일찍 탈수 증세가 멈추자 나는 다시 신선한 오렌지주스 생각이 간절했다. 우리는 유독 하르트무트의 유리잔에만 순례자의 노란 화살표가 찍혀 있는 것을 발견했다. 아주 기뻤다. 우리가 산티아고에 도착하면 그가 또 그런 잔을 발견하게 하려고 단단히 기억해 두었다.

선술집에서 커피를 마시고 있는 나이 지긋한 두 사람을 만났다. 영국 셰필드에서 온 사람들이다. 아주 친근했다. 한 분은 나이가 82세인데 아직 소파 커버를 갈아 끼우는 일을 하고 있다고 했다.

우리가 그 선술집에서 떠나올 때 하르트무트는 이상하게 뒤에 남았
다. 거기서 그는 여주인에게 자기가 마신 잔을 팔 수 없느냐고 흥정
하고 있었다. 그건 1킬로그램 정도 나가는 아주 크고 무거운 잔이었
다. 게다가 새 잔도 아니고 자기가 마신 바로 그 잔을 팔라고 하고 있
었다. 거품이 묻어있는 채로 말이다. 우리는 거북이 같이 우직한 이
친구가 우스웠고, 그는 이 무거운 짐을 지고 스스로 더욱 어려운 짓
을 하고 있었다. 그런 그가 어떤 면에선 사랑스럽기도 하다.

우리는 곧 갈리시아 지방으로 들어섰다. 적어도 우리가 기대할 만한
멋진 음악과 음식이 있는 고장이다. 갈리시아 바위 앞에서 다시 셰
필드에서 온 명랑하고 매력적인 분들을 만나 사진을 같이 찍기도 했
다. 짧은 바지와 셔츠만 입은 그런 강인한 사람들을 보는 것은 대단
한 일이었다. 그들을 보는 것만으로도 기쁨이고 즐거움이었다. 그런
분위기는 멋진 전염성이 있었다.

순례는 즐거운 길을 따라 계속 되다가 갑자기 해질녘과 같은 짙은 구
름과 안개 속으로 들어갔다. 갑자기 기온이 떨어지고 무슨 일이 벌
어질 것 같았다.

사랑하면 산티아고로 떠나라, 그녀처럼

드디어 오 세브레이로에 도착했을 때 일이 벌어졌다. 처음엔 믿을 수 없었다. 스코틀랜드 백파이프 소리와 바이올린 음악 소리가 들려왔다. 꿈인가 했다. 그러나 우리가 갈리시아에 도착했다는 것을 알았다. 물론 갈리시안들은 스코틀랜드 사람들처럼 켈트족이다.

나는 여기가 아직 오 세브레이로 직전의 어느 다른 마을이라고 생각했다. 이렇게 빨리 도착할 수가 없다는 생각에서였다. 그러나 내 짐작은 틀렸다. 우리가 목표를 달성한 것이다. 우리는 산길을 10km 이상 걸었고 아직 오전이었다.

우리는 기뻐서 빙 둘러서 선채로 손바닥을 높이 들어 마주쳤다. 축하하기 위해 따뜻한 초콜릿과 럼주를 마셨다. 멋진 친구 데이비드가 건배를 하고 케이크를 먹었다. 셰필드에서 온 강인한 사람들도 그렇게 했다. 그러나 그들은 실내가 덥고 소란하여 안개 속 바깥에 앉아 있었다.

실내에서 몸을 녹인 후 우리는 이제 내리막길이라 생각하고 밖으로 나왔다. 그런데 아직도 오르막이 아닌가! 놀라고 실망했다. 아직도 길이 멀다. 나는 우리가 무슨 실수를 했나 의심했으나 화살표는 틀리지 않았다. 하얀 눈이 있는 고도까지 올랐다. 우리는 거기서 하르트무트에게 그의 기막힌 등산 동작을 보여 달라고 우겼다.

4km가 채 안 되는 다음 마을까지 갔을 때, 작은 동굴처럼 생긴 식당에 들렀다. 그곳에는 테이블 가득 동네사람들이 앉아 무슨 잔치를 하는 것처럼 보였다. 우리도 저렇게 할 수 있는지 물었다. 오! 맙소사, 저게 오늘의 메뉴라고 한다. 그 다음에 바로 옆에 있는 카페 코르타도스에 들렀다가 언덕 아래로 내려갔다. 맛있는 음식들을 배불리 가득 먹었다.

마음속으로 기억하면서 내가 앞으로 남은 4km 동안 남아있는 물 전부를 마셔버리겠다고 내기를 건 것은 별로 똑똑하지 못한 결정이었다. 이것은 내가 낮 동안 걸으면서 충분한 물을 마시지 못한 깊은 좌절 때문에 그랬었다. 1.5리터면 내게 충분했다. 나는 거의 병이 날 지경이었다. 그러나 내 확신이 맞아떨어진 것 같다. 대단하지도 않은 내기이지만 누가 과연 첫 번째 술을 살까?

폰프리아에 있는 숙소가 푸른 색깔로 길옆에서 불쑥 나타났다. 겉모습은 현대적이나 매력이 없어보였다. 그래서 우리는 하르트무트의 안내책자를 보기로 했다. 미슐랭스타 3개의 최고급이었다. 그곳으로 들어갔다.

내부는 완전 달랐다. 아주 잘 꾸며진 목조 인테리어에 둥근 나무 술통처럼 생긴 바 안쪽에는 식당이 있었다. 커다란 창문 너머로 탁 트인 경치가 보이고 기대어 쉴 수 있는 공간이 있고 난로 앞에 책들, 게임기 그리고 의자가 있었다.

이층침대는 딱딱한 나무 상자처럼 생겼는데 아주 편안했다. 기우뚱하고 조잡하게 만들어 삐걱대는 것과 비교하면 훨씬 좋았다. 수압이 좋고 깨끗한 샤워시설도 좋았다.

샤워를 한 후 우리는 카드놀이를 했다. 잘 모르는 새로운 게임이었으나 금세 따라 할 수 있었다. 저녁 식사 자리에서 우리는 지난 여정에서 만난 많은 순례자들을 만났다. 친숙해서 좋았다. 저녁 식사 후 간단히 한잔 하는 또 다른 라운지에서 보니 아직 잠자리에 들기에는 이른 시간이었다. 순간 나는 이날 밤 잠이 많이 오지 않는 것에 놀랐다.

그들은 나에게 기쁨과 유머, 사랑과 헌신의 재료들을 주었고 가족으로 안아주었으며
나를 순조롭고 반복적인 유머와 장난 속에 빠져들게 했다.

camino 스물둘

그레이엄 바 씨의 보석 통로

우리는 최종 100km 남은 지점에 접근해 감에 따라 당연히 숙소에
대한 이야기를 했다. 순례길의 마지막 출발점인 복잡한 사리아에
서 묵어야 하는지 아니면 혼잡을 피하기 위해 그보다 4km 전이나
3.5km를 지나서 머물러야 할 것인지를 논의했다.

오늘은 모두가 사리아 보다 4km 가까운 마르메드에 머물자고 했다.
거기 있는 숙소는 우리의 동료 순례자 리디아의 친척이 운영한다고
하며 가이드북에는 그것이 전체 순례여행 코스 중에서 제일 좋은 숙
소라고 소개되어 있다. 진정한 순례여행의 성격상 우리는 어느 곳에
도착했을 때 그곳의 느낌이 어떠한지 알아야 한다. 그래서 내일은 좀
더 걸어야 할지 모르겠다.

이런 관점에서 나는 앞으로 남은 100km가 특별히 중요하다고 생각했다. 왜냐하면 나는 그레이엄 바 씨 가족들로부터 '보석 통로'에 관한 메시지를 받았기 때문이다. 그들은 사리아에서 출발하여 나보다 5일 정도 앞서가고 있었다.

그레이엄 바 씨는 열다섯 살 학창시절부터 고든과 절친한 친구였다. 그는 고든의 결혼식에서 제일 멋진 사람이었다. 그레이엄 바 씨와 그의 아내 수잔에게는 두 아들이 있는데 고든의 아이들과 나이가 비슷했다. 그들이 이 순례여행의 맨 마지막 코스를 가족 이름으로 참여했다.

그것은 그레이엄 바 씨에게도 아주 중요한 여행이었다. 고든이 2년 전 이 순례여행을 했을 때 바로 이 코스에서 그가 고든을 만났었다. 그레이엄 바 씨 가족은 내가 그들을 안 이후부터 내게 큰 기쁨과 유머, 사랑과 헌신의 좋은 표본을 보여 주었다. 그들은 나를 그들 가족으로 안아 주었으며 순조롭고 반복적인 유머와 장난 속에 빠져들게 했다.

그들의 순례길 '보석 통로'는 길을 따라 가면서 매일 개인적인 메시지를 작성하여 사진과 함께 나에게 보내주는 것으로 구성되어 있었다. 나는 이것들을 모아 기대와 즐거움으로 마음속에 따뜻한 집을 짓고 있었다. 내일은 100km 표지가 있는 곳에서 보석 수집을 시작할 것이다.

사랑하면 산티아고로 떠나라, 그녀처럼

항상 일찍 출발하려 하지만 우리는 할 수 없이 늦어서 8시 30분 이전에 출발하는 적이 별로 없었다. 숙소에서 아침 식사는 비슷비슷했다. 빵과 잼, 비닐로 싼 머핀 빵과 커피가 대부분이다. 오늘 우리는 크루아상 빵을 추가로 받았다.

우리는 함께 출발하였으며, 하르트무트, 죠지, 제이드 그리고 나를 포함하여 모두는 아주 분위기가 좋았다. 구름은 땅으로 내려앉았고 제법 을씨년스러운 날씨다. 그러나 대화는 즐거웠다. 죠지가 인생은 무엇인가라는 대단한 주제를 들고 나와 대화를 시작했다. 그리고 '영적인'의 정의가 무엇일까라고 물었다. 우리는 그것들을 아주 순수한 원자로 쪼개어 버리고 나서 다시 염력 이동으로 재구성했다.

태양은 다시 나와서 우리의 좋은 분위기를 한껏 돋워 거의 미적인 수준으로 만들었다. 우리는 즐거워서 팔짝 뛰면서 자동 타이머를 놓고 사진을 찍었다. 우리들의 우스꽝스러운 모습을 보고 지나가던 프랑스인 순례자가 몇 장의 사진을 더 찍어 주었다.

잠시 멈춘 길가의 작은 교회는 아주 작아서 버스 간이정류장처럼 생겼지만 무척 아름다웠다. 경치는 찬란하고 구름은 계곡으로 내려앉았다. 우리는 이런 환상적인 풍광을 사진기에 담는다고 정신이 홀려 서로의 시야에서 멀어졌다. 오솔길도 선반처럼 걸쳐진 파노라마와 같이 아름다웠다. 내려앉은 구름 위로 가끔 예기치 못한 구름이 나타나 모습을 드러내기도 했다.

내가 죠지와 제이드를 마주칠 때마다 그들은 함께 노래하고 있었다. 사실 나는 좀 뒤에 떨어져서 그들의 모습을 비디오로 찍었으나, 순간 그들은 짙은 구름 속으로 사라지면서 '우리 모두는 노란 잠수함 속에 산다'는 노래를 부르다가 다시 나타나기를 반복했다. 이 무슨 아이러니한 유머인가.

햇볕 속에 있다가 갑자기 두터운 구름 속으로 들어가면 그것이 대단하긴 해도 기온이 뚝 떨어져 여전히 당황하게 된다. 그건 마치 영화속에서 장면이 바뀌는 것 같다. 이런 관점에서 보면 음악은 우리를 드라마틱하게 변화시켜 전혀 다른 장소와 느낌과 분위기 속으로 데려간다. 나는 확실히 추운 기운을 느꼈고, 걸음을 재촉하여 안개가 자욱하게 낀 으스스한 계곡으로 달려 내려갔다.

우리는 다시 조그만 마을에서 모였다. 그 마을은 수백 년 된 밤나무를 자랑하고 있었다. 아직도 춥고 안개가 있었지만, 카페 밖에 앉아서 우리의 순례여행 음료인 초콜릿 콘 론을 마셨다. 다시 출발할 때까지는 태양이 안개에 밀려 그 힘을 잃고 있었다. 그러나 결국 태양이 이겨 구름은 그 유령놀이를 포기하고 말았다.

강력한 태양의 존재는 마술 같은 풍경을 펼쳐 놓았고
나는 태양의 에너지를 받아 몽롱한 상태에서 계속 길을 걸었다

camino 스물셋

불을 원함

전에도 말했지만 나는 강력한 태양의 존재에 의해 한방 맞았다. 이런 경우 오늘 일찍 보았던 마술 같은 풍경의 변화는 통계적 방법에 의해 습도가 증발하는 과학적 방법으로 증명이 가능하고 설명도 가능하다. 그렇지만 그건 마술이다.

오후의 열기 속에서 죽도록 아름다운 언덕배기의 경치가 펼쳐질 즈음 우리가 아주 좋아하는 하르트무트의 따듯한 차 한 잔을 마시기 위해 멈췄다. 이번이 처음은 아니었지만 제일 중요한 라이터가 없을 때면 따뜻한 차 없이 지내야 했다.

생각해보면 배낭 속의 한정된 공간 속에서 라이터 하나가 숨을 곳은 제한되어 있다. 그래서 혹시 잃어버렸다고 생각할 수도 있지만 하르트무트는 열심히 계속 찾았다. 라이터를 찾는 동안에 나는 캠핑 돗자리에 누워 햇볕을 쬐고 있었다. 그리고 아마도 찬 물을 마셔야 할 것 같다고 생각했다.

나는 지난여름에 고든이 나를 데려갔던 고대 스코틀랜드의 인공섬 크래녹 센터에서 불을 지피는 것에 대한 추억이 떠올랐다. 크래녹 센터는 약 2,500년 전 철기시대 사람들이 어떻게 살았는지를 보여주는 로치 테이에 있는 움막집을 재현한 것이다. 몇 년 전 고든은 아이들을 데리고 거기 가서 막대기와 돌로 불을 피우고는 아주 자랑스러웠다고 했다.

우리는 아주 잘 설명하는 가이드 투어에 앉아 있었지만, 그건 내게 시작에 불과했다. 그가 내게 불을 붙일 줄 아는지 증명해 보라는 것이었다. 그것은 마치 내가 그의 아내가 될 자격이 있는지 따지는 것보다 먼저 증명해야 하는 절차 같았다. 땀을 제법 흘리고 나서 나는 성공했고 아주 기뻤다.

한편 찾기 힘든 라이터를 찾는 것은 계속되었다. 찾기를 포기하고 나서 한참 지난 뒤 마침내 그렇게 중요한 연장을 사용할 수 있었다. 내가 다시 불을 피우는 기술을 보여주지 않아도 되어 다행이었다. 결국 즐겁게 차를 만드는 작업이 시작되었다.

오후에 차를 마시고 나서 손에 손을 잡고 또 다른 행사를 했다. 제이드의 소풍용 떡도 먹었다. 플라스틱 용기로부터 나온 먹을 것들은 배낭 속에서 부서지지 않고 온전했다. 떡 네 개를 플라스틱 뚜껑 위에 잘라 놓았다.

오늘 행사에서 우리는 크림치즈, 마요네즈, 참치통조림, 올리브, 오이와 토마토를 먹었다. 제이드는 아름다운 조각품 같은 스낵을 만들기 위해 이런 것들을 공평하고 맛나게 떡 위에 배분해서 올렸다. 우리는 게걸스럽게 먹고 다시 이런 절차를 거쳐 떡 위에 올리는 것이 동이 날 때까지 계속했다.

우리는 태양의 에너지를 받아 몽롱한 상태에서 계속 길을 걸었다. 나는 결국 다리 고통도 느낄 수 없었다. 시골길을 한참 걸어가다가 스페인 개구리들의 이상한 행동을 보았다. 땅바닥에 납작 엎드려 죽은 것처럼 위장해 있었다. 이런 이상한 모습을 보고 박장대소하고 말았다. 그런데 이 불쌍한 놈들은 이미 자동차에 치여 죽어 있는 것들인데 나의 무식한 관찰결과를 알고는 눈물이 왈칵 쏟아졌다. 상당히 오래 울었다.

우리가 산 마르메드에 도착했을 때는 오후 중참나절이나 되었다. 그런데도 숙소의 분위기나 모양새가 우리를 반기는 것 같아 여기서 묵기로 했다. 리디아가 과장해서 말한 게 아니었다.

빛나는 태양 아래 독일에서 온 순례자 카트리나 그리고 레나와 함께한 잔디밭에서의 요가를 마치고 즐거운 농장과 같은 이곳에서 엄청난 맥주와 완벽한 세탁 시설, 맛있는 구내식당의 음식들과 게임을 즐겼다. 천국이었다.

고든과의 추억을 생각하며 하리보 탕파스틱스 사탕을 한 알 먹었다.
어디선가 그의 향기가 밀려오는 것 같은 느낌이 나를 감싸고 있었다.

camino 스물넷

당신은 호두

산 마르메드에서 우리와 숙소를 함께 쓴 키가 껑충하고 다정한 네덜란드 친구들은 알람이 꺼졌는데도 일어나는데 아무 문제가 없어 보였다. 맨 꼭대기 침대에서 그들은 마치 가젤처럼 힘차게 박차고 일어났다.

나는 아주 곤히 잤다. 그러나 앞으로 1주일 정도 더 가야하는 여정에서 집으로 돌아가기 전 지난 9개월 동안 시달린 불면증을 이겨내기로 결심했다. 그래서 밤에는 글을 쓰기 위해 휴대폰의 전원을 끄고 지냈다.

사랑하면 산티아고로 떠나라, 그녀처럼

우리는 8개의 복층식 침대가 있는 넓은 방에 묵었고 오늘 밤에는 그 중에 7개가 손님으로 찼다. 욕실도 아주 쾌적했다. 몸을 씻기가 아 주 쉬웠다. 최고 수준임을 느꼈다. 아침은 각자가 알아서 먹는데, 토 스트와 버터였다. 집에서 만든 고추와 마늘 기름을 잘 모르고 토스트 에 발라 먹었더니 견딜 수 없었다.

오늘은 30km 이상을 걷기로 했다. 햇볕은 빛났다. 우리는 환상적 인 산 메르메드에서 요가를 하고 햇볕을 쬐고 세탁도 하고 좋은 음 식에 포도주와 게임을 즐기며 깨끗한 시설에서 머문 후 다시 활기를 찾았다. 기분이 아주 좋았다. 아 그런데 막 출발하기 전에 나의 무릎 통증이 재발되어 얼마나 실망했는지 모른다.

다시 나는 황새 몸짓을 시작했고, 다리 하나로 서서 경련을 줄이기 위해 천천히 발목을 돌렸다. 그날은 아주 느리게 출발하였다.

첫 번째 휴식은 사리아 외곽에 있는 작은 슈퍼마켓에서 취했다. 우리 는 그곳에서 물품을 채워 넣었다. 나의 특수 처방은 신맛이 나는 젤 리 사탕 하리보 탕파스틱스 한 봉지였다.

하리보 탕파스틱스 사탕은 남편 고든과 내가 즐겼던 달콤한 사탕으로 큰 기쁨을 주었던 것이다. 만일 나보다 이 과자를 좋아하는 사람을 찾는다면 정말 좋겠다. 고든 역시 두 배로 빨리 먹는 능력을 갖고 있었다. 우리는 그것을 아주 삼켜버리며 서로를 보고는 깔깔 웃곤 했었다.

그러나 그의 암이 온몸으로 퍼지면서 단 것이 암세포를 증가시킨다는 사실을 알고는 강제로 모든 하리보 탕파스틱스 사탕 먹는 것을 중단했었다. 나는 남편 고든과의 추억을 생각하며 하리보 탕파스틱스 사탕을 한 알 먹었다. 어디선가 그의 향기가 밀려오는 것 같은 느낌이 나를 감싸고 있었다. 남편 고든이 떠나고 나서 하리보 탕파스틱스 사탕을 마지막으로 산 것은 족히 일 년이 넘었다. 나는 바로 봉지를 다 뜯어서 게걸스럽게 먹기 시작했다. 그 상점을 떠나기 전에 다 먹어버렸다.

우리는 사리아에 제법 머물며 커피를 마시고 신선한 오렌지 주스도 마셨다. 이상하게 생긴 움푹한 가우디 모양의 기념품 앞을 지나치면서 안으로 올라가 보려다가 그냥 멈췄다. 이상한 기운이 우리를 밀어내고 있다는 느낌을 지울 수가 없었다. 우리는 이날 처음으로 이 사원에서 멈췄다.

시내에는 우리가 알아볼 수 없는 순례자들로 붐볐다. 순례자로서 지금까지 길 위에서 서로를 알아볼 수 있었는데, 그 이유는 사람이 많지 않아서 그랬다. 그러나 순례자들은 이곳 사리아에서도 순례여행에 동참할 수 있어 숫자는 눈에 띄게 늘었으며 아마 열배는 더 되어 보였다. 또 다른 이유는 오늘 가는 길에 순례여권에 두 개의 스탬프 도장을 받을 수 있기 때문이었다.

그것은 부인할 수 없었다. 수많은 순례자들의 행렬이 우리를 괴롭혔다. 우리는 그들을 '시간제 순례자'라고 이름 붙이며 출발을 했다. 그들은 금세 구별할 수 있었다. 대부분이 가벼운 배낭을 메거나 아예 빈손으로 걷는 사람도 있었다. 옷차림도 달랐다. 그들은 단체 관광객들이었으며 대학생 그룹과 어린 학생들도 있었다. 그러나 가장 짜증나는 것은 모든 카페와 휴식 장소, 심지어 숙소까지 '시간제 순례자'들로 꽉 차버린 것이다.

오늘의 기쁨은 그레이엄 바 씨의 보석길이 시작되는 것이다. 우리는 100km 남았다는 이정표가 있는 곳을 통과할 것이다. 그 곳은 나의 첫 번째 수수께끼인 '당신은 호두다!'라는 말과 함께 그레이엄 바 씨의 사진이 담 너머 이정표를 가리키는 곳이다. 이정표의 숫자는 계속 늘어났고 매 1km 간격으로 있었다. 어떤 곳에는 0.5km 마다 있기도 했다. 이것이 좋은 것인지 확신이 가지 않았다. 100km 남았다는 이정표가 있는 곳에서 불과 수 킬로미터 직전이 내게는 너무나 멀게 느껴졌다.

접근해 갈수록 그레이엄 바 씨가 사오 일 전에 두고 간 나의 호두가 아직 거기 있을지에 대한 추측은 더해갔다. 나는 그레이엄 바 씨가 사전에 힌트를 준 그곳에서 호두를 찾아낼 생각에 사로잡혀 너무 기뻤다. 그 사진에는 "행운을 빕니다. 수아! 그레이엄 바~~"라는 글이 새겨져 있었다.

완벽하게 끊임없이 이어지는 불가사의한 힘의 원천이 아직도 내 사랑 '고든'이라는 사실이
얼마나 행복한 일인지를 실감하면서 그가 그리워 울었다.

남아 있는 시간을 고려할 때, 공황상태가 시작되었다. 표면적으로는 '시간제 순례자' 무리들이 모든 숙소의 잠자리를 다 점거해버려 목적지에 도달하는 자체가 공황상태였다. 그러나 내면적으로는 나의 순례가 끝나가고 있는데 대한 잠재적 공황상태였다. 그리고 여기에 대한 대비가 되어있지 않았다.

어제 저녁 우리가 포르토마린에 도착하니 숙소에는 방이 하나도 남아있지 않았다. 시내를 한참 전전하다가 겨우 호텔방을 하나 구했는데 샤워도 공동으로 사용해야 했다. 낮이 끝날 무렵 나는 무릎이 아파서 아주 천천히 걸었었다. 마지막 다리를 건너고 언덕을 넘어 포르토마린에 도착하는 것은 고역이었다. 게다가 숙소를 찾는다고 오래 헤매는 것은 참기 힘들었다.

사랑하면 산티아고로 떠나라, 그녀처럼

오늘은 아침부터 화장실 때문에 엉망으로 출발했다. 사용 가능한 화장실이 역겨운 모습으로 고장이 나 있었다. 참 기발한 생각이었지만 해결책은 부득이 욕실에서 실례를 하는 것이었다. 다른 순례자들도 그렇게 했다. 이런 것이 정상은 아니었다. 하지만 대책이 하나도 없었다.

순례여행의 일반적 느낌은 새로운 사람들의 유입으로 인하여 완전히 달라져버렸다. 모든 사람들이 좀 더 일찍 출발했다. 우리가 한 시간 빨리 일어나야 하는데 대해 제이드의 생각은 확고했다. 심지어 7시 30분에 출발하려고 했는데 이미 호텔 로비는 아일랜드에서 온 학생들로 북새통이었다.

길 위에서는 숨 쉴 틈도 없고 사람들을 추월해야 하는 특단의 조치가 필요했다. 마치 전쟁통과 같은 느낌이 시작되었다. 나는 '반지의 제왕'에서 오르크를 죽이는 레골라스가 된 기분이었다. 우리는 아주 빨리 '시간제 순례자'들을 추월했다. 한 시간 후에 제일 첫 번째 카페에 도착하였을 때 우리는 이미 94명이나 추월했다.

첫 번째 카페에는 학생들이 길게 늘어서서 여권에 스탬프를 찍는다고 탁자를 에워싸고 있었다. 화장실에 뱀처럼 늘어선 긴 줄은 말할 필요도 없었다. 한 아이가 친구에게 전화하면서 흐느껴 울었다. 그 아이는 걷기 때문에 생긴 육체적 고통을 느끼고 있었다. 우리의 친구 라울이 진통제를 그 아이에게 주었다.

이런 모든 것이 공황상태의 분위기로 만들었고, 우리는 순례여행에서 처음으로 미리 숙소를 예약하기로 했다. 우리는 카페에서 가이드북과 전화에 매달려 귀한 시간을 허비했다. 그리고 나서 순례여행의 마지막 3일 밤을 묵을 숙소 예약을 했다. 그제야 안도의 한숨을 내쉬었다.

이렇게 공황상태에 대한 느낌은 치솟고 있었지만, 한편으로 오늘 그레이엄 바 씨의 '보석 통로'에서 찾아낼 그 무엇에 대한 기대로 흥분되고 즐거웠다. 찾아야 할 것은 하나가 아니고 둘이다.

며칠 전 그레이엄 바 씨 가족은 나와 미구엘을 위해 메시지를 남겨 두었다고 말했다. 미구엘은 팔라스 델 레이에서 4km 정도 떨어진 산 훌리안에 있는 오브리가도이로라는 숙소의 주인이다. 결국 우리가 앞으로 가야할 곳의 숙소를 예약하기로 결정했을 때 미구엘은 내가 전화한 최초의 사람이다. 가까스로 미구엘 때문에 오늘 저녁은 4개 침상을 예약했다. 그리고 아마 나의 메시지도 찾을 것이다. 매우 기뻤다.

그날의 두 번째 수수께끼는 사진 한 장이었다. 그것은 그레이엄 바씨의 장남 맥스의 사진이다. 그는 길에 분필로 크게 쓴 내 이름 옆에서 웃고 있는 사람 바로 옆에 서있다. 그 사진을 카사몰라라고 하는 새로 단장한 카페에서 약 2km 정도 지나면 찾아보라고 내게 말했다. 거기는 아마 늦은 오후 쯤 지나갈 것으로 보였다.

그날의 또 다른 즐거움은 예로부터 내려오는 전통인 순례자들에게 음식과 숙소를 무료로 제공하는 곳을 지나가는 것이었다. 우리에게 숙소는 필요 없을지라도 젊은 자원봉사자가 갓 뽑아낸 커피를 마시기 위해 잠시 멈춰야 했다. 거기서 또 여권에 스탬프 하나를 받았다. 우리는 이제 스탬프를 많이 모아 여권이 아름답게 꾸며졌다.

오후에 카사몰라에 도착하여 목마름을 해소하는 맥주를 마시기 위해 멈췄다. 다시 사진 수수께끼로 돌아가면, 우리 모두는 분필로 표시한 자국을 찾으려 시도했지만 그것이 지난 4일 동안에 지워졌거나 사라졌을 가능성이 있었다. 수 킬로미터를 더 가서 나는 그것이 지워졌음을 인정해야 했다.

산 훌리안은 정말 그림 같은 도시다. 그리고 미구엘은 정말 명랑한 주인이다. 그의 숙소에 딸린 선술집에는 전 세계로부터 온 수백 개의 맥주 빈병과 캔으로 진열되어 있었다. 하르트무트는 동독산 브랜드와 호주의 조그만 지방 양조장 브랜드를 보고 기뻐했다. 나는 잉글랜드, 스코틀랜드, 미국 그리고 나의 조국인 한국의 여러 브랜드들을 알아보면서 즐거워했다.

우리는 맥주를 들면서 미구엘에게 물었다. 혹시 내게 남긴 메시지가 없는지를 물었는데 그가 무슨 말인지 잘 못 알아듣기에 나는 순간 최악의 경우를 생각하여 불안했다. 그러나 내가 그레이엄 바 씨 이야기를 하자 그는 크게 웃으면서 지퍼로 잠근 비닐봉지 하나를 건네주었다. 그 속에 메시지가 있었다.

그것은 식대 영수증이었다. 음식 이름이 '고든'이라고 씌어 있고 동그라미가 쳐져 있었다. 그레이엄 바 씨 가족 중 제일 젊은 루카스가 메뉴판에 이렇게 썼고 그것을 먹었었다. 그 영수증에는 그레이엄 바 씨 가족 전체가 손으로 쓴 메시지가 있었다. 그 메시지들이 나를 기분 좋고 훈훈하게 해주었다.

그 바에는 다른 남자 한 명이 앉아 있었다. 그는 시카고 외곽에 사는데 딸의 수학여행에 동행한다고 했다. 그날 저녁 그는 딸을 잃어버렸다고 했다. 딸은 그 보다 뒤에 있는 마을인 팔라스 델 레이 어디쯤에 친구들과 함께 있었다. 그래도 아주 태연한 그의 모습이 나를 편안하게 했다.

아늑한 욕실에 앉아 피로를 풀 수 있는 이곳 숙소는 매우 즐거웠다. 바 안에 있는 구내식당에서 저녁 식사가 있었다. 순례자의 메뉴는 소박하고 맛이 좋았다.

나는 그레이엄 바 씨 가족으로부터 그들이 산티아고에 도착했다는 문자를 받았다. 우리는 혹시 거기서 만날 수 있을지에 대한 많은 문자를 주고받았다. 나는 다음 단계의 힌트를 받았다. 그 힌트는 '수아와 고든'이라고 쓰여 있는 루카스의 사진이다. 그 사진이 붙어 있는 담벼락 아래 돌의자에 그가 앉아 있는 것이다. 그는 양 팔을 벌려 우리들 이름을 함께 감싸며 그 가운데 앉아 있을 것이다.

나는 일어나 저녁 테이블에서 나와서 홀로 울 수 있는 개인적인 공간을 찾았다. 방 뒤의 안락의자가 있는 아늑한 곳을 찾아 실컷 울었다. 문제는 내가 울음을 멈출 수 없다는 것이었다.

한두 시간이 지나자 제이드와 남자 친구들이 와서 계속 눈물을 흘리고 있는 나를 달랬다. 어쩌면 여기서 전달하기 어려운 복잡하고 다양한 감정들에게 내가 압도당하고 있는지 모른다. 그것은 아마도 내 순례여행이 거의 끝나감에 따라 이렇게 멋진 친구들을 더 이상 볼 수 없을 것이란 생각 때문일 수도 있다.

나는 마음속으로 그레이엄 바 씨 가족은 오늘 산티아고에 도착하여 여행을 마무리했을 것으로 확신했다. 그래도 그들이 너무 보고 싶었고 깊은 감동을 받았다.

그리고 완벽하게 끊임없이 이어지는 불가사의한 힘으로 편재하는, 아직도 부인할 수 없는 존재가 내 사랑 '고든'이라는 사실이 얼마나 행복한 일인지를 실감하면서 그가 그리워 울었다.

나는 완전히 기력이 다하고 감정에 복받쳐 눈이 벌겋게 될 때까지 울다가 다시 벙크룸으로 가서 친구들과 만나 밤새 통곡하고 말았다.

걷다가 갑자기 똥통에 빠져 버렸다.
내 웃음은 두려움으로 바뀌었다. 똥덩어리들은 리얼 라이프라는 내 생에 달라 붙어버렸다.

camino 스물여섯

헤엄치는 악어

별난 아침이다. 아마도 일 년 중 최악의 날로 기록될 것이다. 잊을 수 없다. 정말 지루하게 출발했고, 지난주에 달라이라마를 닮은 주인이 했던 것처럼 우리의 작은 오두막에서 음악을 연주하기로 했다.

그런 다음 제이드가 우리들에게 말했다. 그녀는 큰 빈대가 나오는 무서운 꿈을 꾸고는 잠에서 깨어났다고 한다. 기이하게도 몇 분 후에 하르트무트가 여러 군데를 빈대에게 물린 것을 알았다. 나도 팔과 다리에 물린 자국이 늘어서 있었다.

우리는 옷을 입고 빈대와 그놈이 물어뜯은 자국에 대해 이야기하면서, 그놈들은 아마도 마지막 숙소로부터 침낭에 묻어 따라왔을 것이라고 결론을 내렸다. 빈대는 육안으로 보아도 엄청 컸다. 나의 침낭은 속이 검은 색이라 밖으로 들고 나가 털어서 그놈들을 떼어냈다.

사랑하면 산티아고로 떠나라, 그녀처럼

약 7시쯤 되었는데 밖은 여전히 어둡고 땅이 젖어있는 걸 보니 아마 비가 왔던가 보다. 이런 점을 감안하여 나는 옷을 반쯤 입었다. 메리노 양모 상의와 바지를 입고, 털양말과 악어 샌들을 신었다. 그리고 침낭을 짊어졌다.

밖으로 나와 잠시 걸었더니, 건너편에 광장이 나왔다. 이 광장으로 가려면 딱딱한 플라스틱 커버를 덮은 곳을 건너가야 했다. 나는 그 커버를 믿고 그 위를 걸었다. 그런데 순간 플라스틱 커버가 툭 떨어지고 얼음이 갈라지면서 깊은 물속으로 빠져버렸다. 이게 무슨 꼴인가! 나는 비명을 지르다가 어이없는 상황에 기가 막혀서 웃고 말았다.

죠지, 제이드와 하르트무트는 내가 당한 이 황당한 일의 원인을 알아보려고 달려왔다. 그러나 나를 재빨리 구덩이에서 끌어내면서 내게 보여준 하르트무트의 표정은 나를 당황하게 했다. 그 구덩이에서 빠져나온 나의 다리를 보니 왜 그랬는지 알 것 같았다. 사실 그 구덩이는 하수구똥통이었다. 똥덩어리와 함께 젖은 화장지가 다리에 묻어있었다. 내 웃음은 두려움으로 바뀌었다.

우리 모두는 믿을 수 없다는 듯 그 하수구똥통을 쳐다보았다. 하수구의 물이 구역질나게 일렁이고 있었다. 아마도 내 다리가 빠져서 그런 모양이었다. 그런데 정말 우습게도 나의 녹색 악어 샌들이 수면 바로 아래서 튀어 올랐다.

인내의 한계를 넘었다. 몸이 아팠다. 혐오감에 졸도할 것 같았다. 내게 왜 이런 일이 일어났는지 믿을 수 없었다. 침낭은 물론이고 전부 똥물에 젖어버렸다. 빨리 이 더러워진 옷들을 다 벗어버리고 똥통에서 기어 나와 버리고 싶었다. 알고 보니 비가 온 것이 아니었다. 땅이 젖은 것은 하수구가 막혀 넘쳐서 흘러나온 것이었다.

나는 혐오감에 몸을 떨었다. 아무것도 만지고 싶지 않았다. 비틀거리면서 겨우 숙소로 들어갔더니 영문을 모르는 순례자들이 식사를 하고 있었다. 미구엘을 찾았다. 그는 깜짝 놀라 상황을 알아보려고 종종걸음으로 달려 나갔다.

한편 나는 숨을 죽인 채 식사하는 순례자들 곁을 지나 최대한 옷을 빨리 벗고 씻을 수 있는 욕실로 향했다. 누군가 문에 노크를 했다. 사려 깊은 제이드가 내 비누와 수건을 들고 나타났다.

양말은 손을 댈 수가 없어 제일 나중에 벗었다. 정말 발에서 양말을 최대한 빨리 벗어버리고 싶었다. 샤워기를 정조준해서 양말에 붙은 똥덩어리에 물을 뿌려도 잘 떨어지지 않았다. 똥덩어리들은 리얼 라이프라는 내 생에 달라 붙어버렸다.

나는 샤워 욕조에 쌓인 갈색 물 위에 서서 한참을 멍하니 있었다. 자괴감이 이루 말할 수 없이 밀려왔다. 겨우 샤워를 마치고 빠져나와서 조심조심 다시 그 재앙의 장소로 갔다.

다른 사람들 말에 의하면 미구엘은 영웅이었다. 그는 소매를 걷어 붙이고 바로 손을 깊숙이 집어넣어 막힌 것을 뽑아냈는데 그것은 어떤 어린애가 쑤셔 박은 티셔츠였다고 한다. 그가 사방에 호스로 물을 뿌렸지만 아직도 냄새가 진동하고 있었다.

나는 평소 내가 걸을 때 익숙하게 입던 옷가지들을, 심지어 그것들이 깨끗하다고 해도 입고 싶지 않았다. 이건 어떤 면에서 도전이다. 나는 정말 약간의 옷 밖에 없었다. 보행용 바지도 입고 싶지 않았다. 보온성 바지 하나와 양털 윗옷 하나로 끝냈다.

미구엘은 내 옷과 침낭 전부를 세탁해서 우리의 다음 목적지 아르주아에 있는 숙소로 오후까지 배달해 주겠다고 했다. 그는 또한 떠다니던 녹색 악어 샌들을 씻어주었다. 하르트무트가 다른 한 짝도 씻어주었는데 너무 고마웠다.

미구엘은 이 재앙에 대한 책임감을 느낀 것이 확실했다. 비록 그의 잘못은 없었다고 해도 말이다. 그는 내가 당한 것에 미안함을 느꼈고 그것을 바로잡기 위해 최선을 다했다. 그는 내 아침식사 값도 받지 않았다.

나는 주의 깊은 친구들이 나를 둘러싸고 있어 기쁘고 감사했다. 만약 나 혼자였다면 얼마나 힘들었을까 하고 상상해 보았다. 가까운 곳에 씻을 곳이라도 없었으면 어찌할 뻔했는가!

우리는 오늘 첫 만남의 장소를 12km 떨어진 멜리데에 있는 카사 에제퀴엘의 문어전문식당으로 하기로 결정했다. 이것은 두 명이 권해서 그렇게 했다. 작년에 순례를 한 나의 개인 가이드인 세실리아 베르나르디니와 제이드의 여동생이 추천했다.

이를 염두에 두니 너무 빨리 길을 나설 수 없었다. 나는 내가 이렇게 오염된 기분으로부터 벗어나려는 특별한 욕구를 갖고 있음을 알아차렸다. 그래서 가능한 한 빨리 걸었고, 내 발가벗은 몸으로부터 벗어나려고 내달릴 수 있었다.

나는 약간의 위안이 필요했고 그것을 음악에서 찾았다. 맨 처음으로 걸으면서 휴대폰의 음악을 들었다. 평소답지 않게 최근 앨범에서 '새들과 동물들'이라는 곡을 선택했다. 그것은 마틴 베네트의 최신 음악으로 맥폴 챔버 오케스트라가 연주하는 것이다. 나는 이 곡이 발표되고 나서 아직 들어보지 못했었다. 그것은 기분을 고무시키면서 의미 있는 곡으로 내가 가는 길에 박차를 가해주었다.

멜리데는 좀 이상한 도시다. 겉으로 보면 두 개의 다른 부분으로 나뉜 것처럼 보인다. 아마 서로 다른 동네인지도 모른다. 첫 번째 동네는 고대 도시로 농촌마을을 휘감은 좁은 거리에는 차가 한 대도 없었다. 두 번째 동네는 신도시로 상점과 차들이 북적대고 포장도로도 있었다.

사랑하면 산티아고로 떠나라, 그녀처럼

문어전문식당에 도착했을 때, 온통 땀으로 뒤범벅되어 있었다. 비상용 양털 옷은 이미 숨을 쉬지 않았고 나는 마치 비닐봉지를 뒤집어쓰고 달려온 것 같았다. 그것은 순간이었다. 이 정도 진행된 상태에서 양모 브라와 레깅스만 입고 있는 것도 우습지 않았다.

가마솥마다 삶고 있는 문어는 정말 가관이었다. 아마 이 집에서는 문어만 서비스 하고 있는 것 같았다. 아직 오전 11시가 되지 않았지만 문어식당은 사람들로 꽉 차버렸다. 대부분 땀에 젖어 김이 무럭무럭 나는 순례자들이다.

거기는 엄청 넓은 공공 음식점으로 많은 테이블과 벤치가 있고 모두들 문어를 먹고 있었다. 문어는 푹 삶고 먹기 좋게 잘라서 나무판에 얹어 올리브오일을 발라 소금과 파프리카와 함께 주는데 간편하지만 맛이 좋았다.

사랑하면 산티아고로 떠나라, 그녀처럼

우리는 전날 밤 저녁식사 때 만났던 독일 여인을 다시 만났다. 그녀는 반 마리 정도의 문어를 제이드와 죠지에게 주었다. 그때 나는 걸신들린 듯이 차가운 화이트와인과 함께 문어 한 마리를 다 먹고 있는 중이었다.

곧 우리는 팔라스 델 레이로부터 도착한 몇몇 순례 베테랑들인 라울, 마르셀, 줄리안과 함께 어울렸다. 축제 분위기였고, 나는 몇 시간 전보다 완전히 다른 정신적 여유가 있는 것이 너무나 기뻤다.

문어를 파는 식당에서 지역의 갈리시안 커피 또는 허브 음료도 주는 것을 알고는 실컷 즐겼다. 이제 나도 그것을 적극 추천할 수 있을 정도로 푹 빠져 버렸다.

이것은 내게 정말 특별한 것이다.
거기에 우리 이름이 있었다. 나와 고든의 이름이 하트에 연결되어 있었다.

잃어버리고 다시 찾은 메시지

어제 풀페리아에 도착하기 위해 서두르다가 내가 그레이엄 바 씨의 보물찾기 메시지들을 갖고 오는 것을 잊어버린 것에 대해 알고는 속이 상했다. 나는 그것을 사진으로 다시 받았다. 과일장수의 좌판 나무 기둥에 새겨진 것으로 연인들의 낙서와 같이 보였다. 메시지는 이랬다. '홀라! 수아, 그레이엄 바 가족의 무한한 사랑과 함께'

어제는 기분전환을 위해 아주 특별한 날이었고 그 시궁창 상황에서 벗어나기 위해 했던 노력을 알고는 더 이상 그것 때문에 힘든 시간을 보내지는 않기로 했다. 확실히 그것은 나로 하여금 더욱 더 확고하게 내일 아침이면 산티아고를 떠날 그레이엄 바 씨 가족을 만나겠다는 결심을 하게 만들었다.

그레이엄 바 씨 가족은 10시 30분에 떠날 것이다. 그래서 우리가 만나려면 오늘 걸어온 길에 10km를 더 가야 한다. 내일 아침에 완주하기 위해서는 오로지 9.5km 정도만 남아 있게 했다. 출발시간도 아침 6시로 했는데, 순례여행 중 가장 이른 출발시간이다.

제이드, 죠지와 하르트무트는 모두 나와 함께 가기로 했다. 나는 여러 이유 때문에 이것이 너무 반가웠다. 첫 번째는 그레이엄 바 씨 가족들에게 이들을 만나게 해 주고 싶었다. 두 번째는 반대로 이들에게 그레이엄 바 씨 가족을 만나게 해 주고 싶었다. 그러나 가장 중요한 것은 우리 모두가 우리의 순례여행을 함께 마치는 것이다.

이날은 이상한 날이었다. 좀 더 정확히 말하자면, 지난 며칠도 역시 이상한 날이었다. 우리의 최종 목적지가 가까웠다는 것을 알고는 그건 어떤 면에서 절망적이었다. 그것은 마치 내가 순례를 마치면서 뭔가 가시적인 것을 성취해야겠다고 원하는 것과 같았다. 그러나 사실은 이 여행을 끝낼 준비가 되어있지 않았고 적어도 5주 정도는 더 여행을 해야 할 것 같았다.

사랑하면 산티아고로 떠나라, 그녀처럼

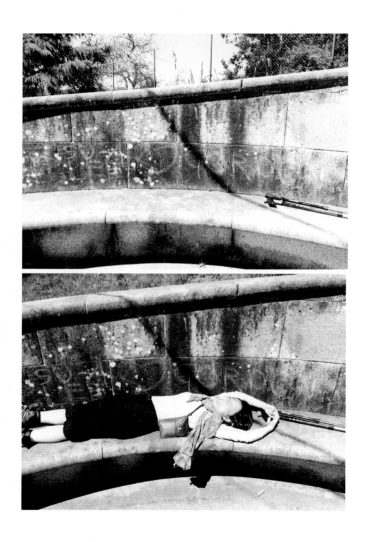

우리는 아직 거대한 '시간제 순례자'들에 대해 농담을 했다. 그러나 지금은 그들이 점차 내게 강한 흥미를 불러일으키고 있었다. 그들의 인생 이야기를 상상해 보면 대단히 흥미 있는 것이다. 그들의 대화 한 토막을 듣는 것을 즐기고 있었다.

두 명의 젊은 미국인 청년들이 나누는 대화를 듣고 나는 경탄했다. 그들은 특별히 불, 땅, 물의 구성요소와 성질에 대해 솔직하게 토론하고 있었다. 그들은 정신세계에 대해서도 아주 자세하게 토론하고 있었다.

결국 나는 그들 중 한 명과 이야기하게 되었고, 그들은 약 4개월간 교양학부 교환교육을 위해 미국에서 알리칸테로 온 대학생 그룹 중의 일부임을 알았다. 그들은 부활절 휴가를 이용하여 각기 자기나라의 다른 주로 돌아가기 전에 마지막 순례여행을 하고 있었다.

나는 곧바로 그들의 교수님을 만났는데, 그는 알리칸테에서 온 재미있고 잘 생긴 분이었다. 영어가 유창하여 스페인 사람이란 표시가 잘 나지 않았고 학생들이 그를 좋아했다. 그는 교양학부 교수이며 음악가이기도 했다. 그의 등에 기타가 있는 것을 보고 금세 알 수 있었다. 나는 그들이 캠파이어 주변에서 노래하며 아늑한 순례의 밤을 보내리라고 상상했다.

그는 이 순례길을 여러 번 와본 것이 확실했다. 그래서 나는 그에게 무엇이 하이라이트인지를 물어보았다. 그는 산티아고에서 25.5km 떨어진 살세다에 있는 카사 베르데라는 장소에 대해 열변을 토했다. 거기가 결론적으로 순례의 영혼이라고 했다. 나는 거기서 멈춰 점심을 먹기로 결심했다.

해가 나고 따뜻한 아름다운 날이었지만 아주 덥지는 않았다. 길가에 피는 야생화들과 정열적인 농장의 동물들, 그리고 야생동식물들에게 저절로 눈이 갔다. 그들의 자유롭고 한가한 목가적인 풍경에 저절로 미소가 입가에 머물며 행복했다. 이 아름다운 풍경을 뒤로하고 다시 또 걷고 걸었다.

사랑하면 산티아고로 떠나라, 그녀처럼

그렇게 극찬하는 카사 베르데에 우리가 도착했을 때, 그곳은 만원이었다. 바깥에 겨우 테이블 하나를 찾았는데 건물 귀퉁이의 쓰레기통 옆에 있는 것이었다. 바깥에 있는 이 장소는 별 볼일 없는 곳이었다. 그러나 안쪽에는 희한한 것들이 다 있었다.

천장에 가득 매달린 것은 순례자들이 걸어놓은 온갖 종류의 모양과 색깔, 그리고 낙서로 얼룩진 티셔츠였다. 벽에도 마찬가지였다. 온통 바라보아야 하는 분위기였다.

존경심으로 바라보는 학생들에게 둘러싸인 교수님과, 시카고에서 온 어떤 아버지, 문어를 사준 외로운 독일 여인, 그리고 즐거워하는 수많은 대학생들이 내 눈에 들어왔다. 마실 것 주문이 사방에서 들어왔고 맥주를 찾는 사람에 이어 지방 술을 찾는 사람들에 이르기까지 대단했다. 마치 졸업식 날 교내 학생들 주점 분위기와 같았다.

음식 주문은 대혼란이었고 엄청난 시간이 걸렸다. 오히려 이것이 나를 사람들과 잡담을 할 수 있게 해 주었다. 우리 음식이 나왔을 때 우리는 다시 바깥으로 쫓겨나야 했다. 그리고는 피신한 순례자들이 있는 다소 평화로운 곳에 앉았다.

점심을 먹고 출발했는데 내가 죽을 듯이 비명을 지르다가 멈출 때까지 우리 일행은 멀리 가지 못했다. 다른 사람들은 나보다 약간 앞서 있었기에 그들이 바로 달려왔다. 도대체 믿기지 않았지만 나는 '그레이엄 바 씨의 보물찾기'의 다음 메시지를 발견한 것이다.

내가 이것을 놓치지 않았다니, 정말 기분은 붕 뜨고 있었다. 특별히 기대하지 않았는데 말이다. 이것은 내게 정말 특별한 것이다. 거기에 우리 이름이 있었다. 나와 고든의 이름이 하트에 연결되어 있었다.

나는 지금 이 자리, 이 순간, 이 감정을 꼭 껴안고 싶다. 나는 모든 짐을 내려놓고 주저앉았다. 그리고 나를 압도하는 햇빛 속에서 술을 마셨다. 이 순간 우리 재회의 감회가 엄청난 열정으로 나를 사로잡아 버렸다.

결국 나는 운명이 이걸 놓치지 않게 해준 것을 믿을 수 없었다. 나는 맨 뒤에 있었다. 다른 사람들은 모두 앞서 지나갔다. 만약 내가 그들과 이야기하며 갔다면 나는 이것을 놓쳤을 것이다. 이상하게도 내가 마지막에 이곳을 서서히 걸어가는데, 난데없는 하얀 나비떼가 나를 둘러싸서 그 속에 내가 빠지고 말았었다. 아마 나비떼는 나와 고든의 이 운명적 사랑을 지켜준 수호신이었는지 모를 일이다.

마지막 시간을 통과해 지나가는 그들을 가까스로 만나 같은 장소에 있다는 것이
얼마나 경이로운가.

camino 스물여덟

산티아고 데 콤포스텔라

오늘 출발에는 뭔가 마술 같은 것이 좀 있었다. 오늘이 내가 산티아고 데 콤포스텔라에 도착하기로 되어있었던 날이다. 나는 이것을 알고 잘 기억하고 있었고, 심지어 아침에 목욕하면서도 이 순간을 잊지 않으려는 생각을 하고 있었다.

산티아고에 도착하는 오늘, 이걸 뭐라고 불러야 할까? 도착이라고 해야 하는지 아니면 끝이라고 해야 하는지 아니 새로운 시작이라고 해야 할지 정의하기가 쉽지 않았다. 하지만 나는 새로운 시작이라고 해야 하는 것이 옳다는 생각을 굳히기로 했다.

바깥은 칠흑 같은 어둠에 덮여있는데, 아마도 한밤중인 것 같았다. 우리가 5시에 일어나기 시작한 이래 이론적으로 따져보면 대충 이 게 맞는 것 같다. 그레이엄 바 씨 가족이 집으로 가는 비행기를 타 기 전에 함께 아침식사를 하기 위해 내 까미노 친구들이 일찍 일어 나 준 것이 고마웠다.

대략 평소처럼 출발했다고 생각했는데 하르트무트가 혼자 걷겠다고 할 때 좀 당황했다. 산티아고에 접근하자 매우 중요한 것이 하나 있 어서 그는 혼자 생각을 모으기로 했던 것이다. 나는 즉시 이것이 의 미 있는 것임을 알았고, 이런 행동양식에 대해 고마웠다. 내가 진작 그걸 생각했더라면 좋았을 것을.

이게 처음이 아니므로 나는 이 모든 것을 예견하고, 그들을 깊이 생 각하고 앞서 계획을 세워 더 좋고 의미 있는 경험을 만들어주기 위한 능력을 가졌어야 했는데⋯⋯. 나는 이것을 따라 배우기로 결심했다. 우리는 각자 약 10분 간격으로 떨어져 출발했다.

칠흑 같은 새벽을 뚫고 나가는 것은 약간 벅차고 감격적인 일이다. 나는 순례길 이정표인 노란 화살표가 사라진 것을 알았다. 어둠도 어둠이지만, 거리엔 안개가 자욱했다. 출발 후 잠시 있다가 지금까지 내가 본 것 중에서 가장 굵고 묵직한 빗줄기가 내려 퍼붓기 시작했다. 재빨리 비옷을 꺼내 입었지만 이미 다 젖어버렸다.

완전히 불을 밝힌 큰 사무실 빌딩 하나가 희미한 어둠 속에서 빛을 내며 이정표 같은 신호가 되어 있었다. 창문을 통하여 보니 심지어 책상에 앉아있는 사람들이 보였다. 아침 7시 이전부터 저렇게 열정적으로 일하는 직원들이 있다니 저 회사는 도대체 어떤 회사일까 생각하며 살펴보니 라디오와 텔레비전 방송국이었다. 여러 가지로 인상적이었다.

우리들이 여권 스탬프를 찍을 수 있다고 들었던 산 마르코스를 지날 때까지 여전히 어두웠다. 산 마르코스와 몬테 데 고조의 스탬프 찍는 곳엔 문을 열지 않았다. 너무 일러서 그렇다고 추측했다. 아마도 오늘 산티아고에서 마지막 스탬프를 찍어야 할 것으로 보였다.

사랑하면 산티아고로 떠나라, 그녀처럼

오늘이 특별한 여행의 절정인데 내가 기대했던 만큼 새벽은 환상적이지 못했다. 반면 낮은 구름이 뒤덮여 오히려 칙칙하고 눅눅하기만 했다. 나는 여기 이 길에서 고든의 마지막 발걸음을 상상했다. 그리고 멀리 떨어져 있는 산티아고를 바라본 것에 대해 내게 설명했던 것이 기억났다. 실제보다는 감질나게 너무 가까이 보였다고……. 내게는 그런 풍광이 나타나지 않았다.

사실 성당이 처음으로 나타났을 때 나는 충격을 받았다. 너무 커서 옆으로부터 접근할 수밖에 없었고 그래서 처음에는 그것을 보지도 못했다. 하르트무트가 내 앞에 있는 광장에서 사진을 찍으며 카메라의 시선을 따라다니는 것을 보았다. 그리고 내 뒤에는 성당 밖에 보이지 않았다.

성당은 일부 공사용 비계가 설치되어 있었고, 길을 지나오면서 본 것 중에서 아마 가장 아름다운 그런 성당은 아닌가 싶었다. 그러나 그 압도적인 크기와 그 상징성을 본다는 것은 믿을 수 없는 일이었다. 그리고 광장과 공원이 매우 넓은 것이 인상적이었다. 하르트무트와 나를 제외하면 거의 텅텅 빈 상태였다.

사랑하면 산티아고로 떠나라, 그녀처럼

사랑하면 산티아고로 떠나라, 그녀처럼

나는 레코드판이 막 멈춘 것 같은 특이한 고요를 느꼈다. 아마도 이것은 성취의 소리와 느낌일 것이다. 우리는 해냈다! 이것은 도저히 믿기 힘든 깊은 마음속의 소원이 이루어진 느낌이었다. 정말 믿기 어려운 기분이었다.

바로 그때 마술처럼 치아라와 프란체스코가 나타났다. 그들은 순례여행 첫날 론체스발레에 있는 수도원의 2층 침대 방을 나와 함께 사용했던 사람들이다. 이게 무슨 완벽한 순환인가! 그들은 마치 내 여행을 끝내기 위해 보내진 사람들 같았다. 그때 때맞추어 제이드와 죠지도 나타났다. 너무 기뻤다.

치아라와 프란체스코는 하루 전에 도착하였으며 다시 대서양에 있는 피니스테레로 걸어서 여행하기 위해 막 떠나려는 참이었다. 우리는 혼타나스에서부터 그들을 볼 수 없었다.

우리가 이렇게 광장에서 인연을 통해 마음의 창을 경험한다는 게 얼마나 놀라운 일인가. 마지막 시간을 통과해 지나가는 그들을 가까스로 만나 같은 장소에 있다는 것이 얼마나 경이로운가.

나는 순간 우리가 지금까지 경험하지 못한 또 하나의 멋진 기회의 창을 보았다는 사실을 알았다. 그레이엄 바 씨 가족과 아침식사를 하는 날이다. 그들의 집으로 가는 비행기는 오늘 아침 떠난다. 간단하게 사진을 찍은 후, 우리는 그레이엄 바 씨 가족들이 창문을 내다보며 오래 우리를 기다리고 있을 산 프란치스코에 있는 수도원으로 내달렸다.

얼마나 기쁜 만남인가. 에든버러에서 고든의 장례식이 있었던 그 주말로부터 약 7개월 후의 첫 만남이었다. 아침 뷔페식당 옆에서 그레이엄 바 씨를 만나 개인적인 이야기를 하는데 즐거움 곁으로 눈물도 따라왔다. 이 만남의 강렬함은 누구도 부인하지 못할 것이다.

그것은 또 하나의 의미 있는 일이었다. 순례여행 동지들에게 그레이엄 바 씨 가족이 내게 얼마만큼 의미가 큰지 알게 해주고, 그레이엄 바 씨 가족에게는 지난 몇 주를 함께한 이렇게 멋진 친구들을 또한 만나게 해주고 싶었다.

사랑하면 산티아고로 떠나라, 그녀처럼

내 마음 속에는 고든이 했던 말이 맴돌고 있었다. 2년 전 고든의 순례여행 마지막 주였다. 그곳에서 그레이엄 바 씨를 만났을 때, 그와 함께 쉽게 흐르는 대화는 큰 위안이었다고 말했었다. 나는 이제야 그가 친한 고등학교 친구인 그레이엄 바 씨를 데리고 이 치열한 순례여행에 오기 전 느꼈던 감정을 내게 설명한 것을 이해할 것 같았다.

그레이엄 바 씨 자신은 우리들 두 세계가 충돌할 것을 알고 있었다. 며칠 전 그는 메시지를 통해 "내가 순례를 통해 동료들과 깊은 유대를 맺었다"고 말하면서 "맨 마지막 단계에 합류하는 사람은 침입자처럼 느껴질 것이다."라고 했었다.

그러나 우리 8명이 크고 둥근 아침식사 테이블에 둘러앉았을 때, 실컷 웃고 이야기하며 우리들 모두의 세계가 모인 이 자리가 너무나 즐거웠다. 나의 세계, 고든의 세계, 그레이엄 바 씨 가족의 세계, 순례의 세계, 그리고 얽히고설킨 세계의 경이로운 결합이 너무 기뻤다.

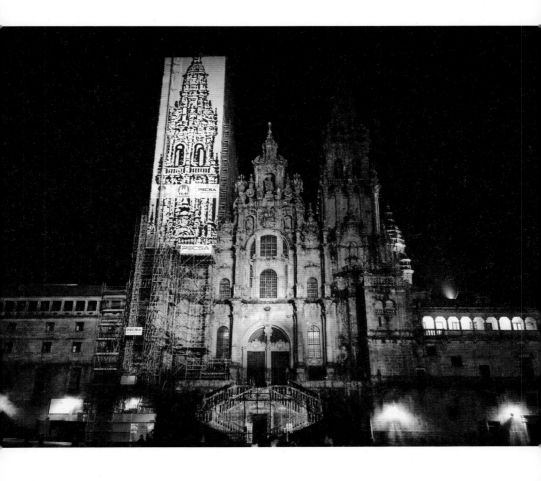

나는 이 아침 식탁에서 식사를 하며 정확하게 순례여정을 끝내는 것보다, 산티아고에 더 순조롭게 도착하는 것이 더욱 가치 있다고 생각했다. 그것은 주변의 모든 사람들이 고든과 나를 둘러싸고 우리를 지켜주며 응원해 주기 때문이다. 저 하늘에 숨은 수많은 별들 중 그 어딘가에 있는 고든의 별에 그렇게 쓰여 있을 것으로 나는 확신했다.

10시 30분에 우리는 작별인사를 해야 했다. 그레이엄 바 씨 가족들이 고향으로 돌아가는 비행기를 타야하기 때문이다. 그리고 우리는 콤포스텔라 스탬프를 찍기 위해 즐거운 걸음으로 순례여행 안내소로 향했다.

우리 모두가 다른 여행을 했지만 우리는 같은 길을 걸어왔다는 생각을 공유했다는 것을 알았을 때
그것은 놀라움이었다.

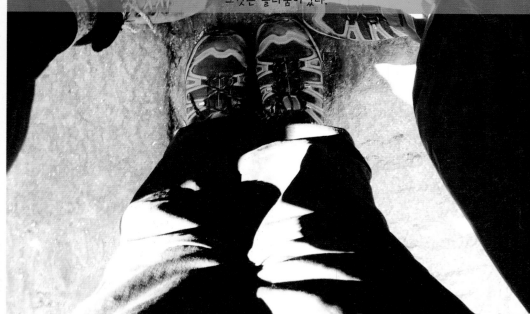

camino 스물아홉

만남, 즐거움 그리고 외로움

나는 실질적인 방법으로 순례여행을 끝내는 표시를 해 주는 것의 큰 이점을 잘 안다. 여권에 스탬프를 받는 것은 양피지에 받는 하나의 증표로 누군가가 순례를 끝냈다는 표현이 새겨져 있다.

그것은 순례여행을 보전하는 작은 선물이기도 하고, 순례자의 동지애를 더욱 돈독하게 하며 사람들이 성취와 자존감을 갖게 하는 상징이고 증표라고 할 수 있다. 스탬프가 새겨진 새 양피지를 흔들며 우리는 산티아고 성당 안에 있는 성모 마리아께 경의를 표했다. 그리고 밖으로 나와 뒷골목에 있는 작고 아늑한 맥주집을 찾았다.

사랑하면 산티아고로 떠나라, 그녀처럼

그 때 지나가던 어떤 순례자가 내 이름을 부르는 소리에 너무 놀라
뒤를 돌아보았다. 그는 에든버러에서 온 친구였다. 색소폰을 연주하
는 조 프레야라는 친구다. 나는 몇 년 전에 내 친구 메리 맥마스터로
부터 조 프레야가 이번 봄에 순례여행을 할 것이라는 이야기를 들었
었다. 그러나 여기 산티아고 뒷골목에서 그녀를 만나리라고 누가 알
았겠는가. 그녀는 어제 여기 도착하여 내일 아침에 떠난다고 한다.

조 프레야의 이야기 또한 감동적이다. 그녀도 암환자였고 작년 이맘
때는 걸을 수도 없었다. 그녀는 집중 치료를 받아 이렇게 인상적인
여행 스케줄까지 유지시키고 있었다. 그녀만의 순례여행을 이룩한
것은 말할 필요도 없다.

이런 우연의 만남으로 불충분했던지, 잠시 후 나는 또 내 이름을 부
르는 소리를 들었다. 이번엔 에든버러에서 온 미리엄이라는 미술 조
각가였다. 나는 그녀가 내 예술가 친구인 엘런 앨리슨과 함께 전시회
를 하는 곳에 간 적이 있었다.

그녀는 북부 해안선을 따라 난 약 2주가 걸리는 순례길인 '까미노 프리미티보'의 순례를 막 마친 상태였다. 미리엄은 숙소를 정하기 전에 우리와 함께 어울려 맥주를 마셨다. 그녀는 떠나기 전에 다음 주 에 든버러 어셔홀에서 니콜라 베네트와 함께 나의 콘서트를 관람할 티켓을 가지고 있다고 했다. 일주일 후에 무대에 있을 생각을 하니 참 묘한 생각이 들었다. 나는 그녀에게 그날 가서 인사를 하겠다고 약속했다.

지금까지 우리는 순례여행 초반부터 만났던 몇몇 동료들을 우연히 또 만났다. 그리고 소문에 의하면 제이미를 만나기 위해 오후 2시에 성당 앞에서 모일 것이라고 했다.

제이미를 마지막으로 본 것은 부르고스를 지나 혼타나스에서였다. 그는 마치 떠다니는 것처럼 빨리 걸었다. 그래서 며칠 전에 여기 도착했다. 그러나 그의 여동생이 산티아고에 살고 있고 그는 몇 시간의 여유 밖에 없어 오늘 잠시 우리를 만나기로 한 것이다.

그것은 즐거운 재회였고 오랜 전통의 입소문 전달방식이 아직 살아 있다는 활기참을 증명해 보여준 것이다. 낯익은 얼굴들이 하나 둘 모이자, 나는 우리가 이 시간에 함께 모였고, 모두가 다른 여행을 했지만 우리는 같은 길을 걸어왔다는 생각을 공유하고 있음에 경탄했다. 제니, 마누, 그리고 플렉스 때문에 새로운 복장 규정이 생겼다. 그들은 형편없는 까마노 여행 옷에 혼쭐이 난 터라 이 지방의 히피 상점에서 아주 밝고 헐렁한 바지를 샀다고 한다. 그들 때문에 우리도 그렇게 하고 싶어졌다. 제이드와 죠지의 투지가 가장 강했다. 선술집으로 가기 전에 단체사진과 재밌는 점프 사진을 찍었다.

나는 스코틀랜드에 있는 친구 도날드 쇼와 제임스 맥킨토쉬가 소개
해준 그 바를 가기 위해 신경을 썼다. 내 친구들이 그들의 밴드 멤버
들과 자주 간 곳이다. 나는 순례여정에서 만난 다른 사람들에게도 이
미 이 집을 소개했었다. 카사 다 그레챠스는 라이브 음악을 하는 곳
인데 오늘은 불행히도 라이브 음악이 없었다.

운 나쁘게도 그곳은 점심시간 때까지 문도 열지 않았다. 그래서 우
리는 반대편 바의 바깥 햇볕 아래 앉아 있었다. 편안한 동지애로 더
없이 행복했다. 오시가 그녀의 새로운 순례단과 함께 산티아고에 도
착하여 나타나자 즐거운 비명이 터졌다. 7시에 저녁 식사 겸한 우리
의 큰 모임이 계획되었다.

모든 것이 완벽했다. 그러나 나는 기분이 마냥 좋지 만은 않았다. 사
실 고든이 없기 때문이었다. 내 곁에 그가 있다면, 특히 이 자리에
있다면 하는 생각이 강하게 일어났다. 나는 이 순간을 그와 함께 나
눌 수 있기를 간절히 바랬다.

눈물이 날 것 같아서 무리들로부터 빠져나와 길모퉁이를 돌아 튤립
정원이 있는 다음 광장까지 내려갔다. 나는 햇살이 쏟아지는 벽에 기
대어 서서 대놓고 펑펑 울었다.

사랑하면 산티아고로 떠나라, 그녀처럼

거기서 얼마나 오래 기대 있었는지 모르겠다. 그런데 어쩐지 저 위쪽 코너에서 사람들이 움직이는 것을 알았다. 귀에 익은 목소리들이 었고, 나를 찾고 있었다. 다시 돌아와 함께 점심을 하고 그들과 함께 꼬불꼬불한 산티아고 골목길을 돌아다니기로 했다.

친구들은 오후 내내 내게 아주 친절했다. 내가 나약하게 부서질 것 같고 계속 울어대니까 그랬을 것이다. 우리는 7시에 우리 순례여행 동지들과 함께 대규모 저녁식사를 하기로 약속했다. 그런데 시간이 다가오자 나는 점차 그들과 함께 할 수 없을 것 같았다. 갈수록 눈물이 앞을 가려 나는 그들에게 내가 좋은 친구가 될 수 없음을 알았다.

시간이 다가오자 나는 동료들로부터 빠져나와 프란시스칸 수도원으로 갔다. 바깥에는 부활절 퍼레이드가 거리를 메우고 있었다. 행진은 이곳에서부터 출발했다. 산티아고 전 시민이 다 참석한 것 같이 많은 인파가 운집해 있었다. 이제 막 시작되는 부활절 행사를 보며 옛 추억에 젖어 들었다.

사랑하면 산티아고로 떠나라, 그녀처럼

나는 소녀시절에 스페인의 부활절 퍼레이드를 처음 보았었다. 그 때 학교 오케스트라 멤버로 스페인 남부의 그레나다를 여행 중이었다. 마스크를 쓰고 망토를 걸친 사람들이 끝이 뾰족한 광대모자를 쓰고 북을 치던 모습에 소름이 끼쳤던 기억이 있다. 멜로디도 없이 북만 치며 무뚝뚝하고 아무런 표정도 없는 행진이었다.

30년의 세월이 흘렀는데, 행진이 나아진 것을 발견할 수 없었고 그 것은 나의 영혼을 진화시키지도 못했다. 그래서 적당한 휴식을 취하며 안에 있기로 했다. 그곳은 울다가 쉽게 잠들 수 있는 곳이었다.

그런데 나는 순례여행을 마친 첫 날 밤을 산티아고의 수도원에서 홀로 지내지 않기로 결심했다. 열 시쯤 되어서 겨우 몸을 일으켜 샤워를 하고 다시 거리로 나섰다.

저녁하늘이 깊고 진한 푸른빛으로 아름답게 빛나고 있었다. 부활절 행진이 시내를 한 바퀴 돌아서 다시 정점으로 돌아와 수도원 광장까지 왔을 때 나는 밖으로 나왔다. 긴 행렬에는 여러 부류들이 있었다. 군인, 어린이, 시청 공무원 등이 망토를 입고 있었으며, 가면과 모자를 쓴 북치는 사람들도 당연히 있었고, 동정녀 마리아를 태우고 가는 마차도 있었다.

거리는 연인들과 순례자들과 가족 그리고 나들이객들로 가득하고 메인 광장은 아름다운 조명으로 장식되어 있었다. 광장 주변의 수도원과 건물들이 위풍당당하고 환상적으로 아름다웠다. 정원으로 들어가는 기둥이 늘어선 입구에서 연주하는 악대는 인상적이고 즐거웠다. 옆 골목에는 외로운 하프연주자와 기타리스트가 행인들에게 세레나데를 연주하고 있었다. 활기찬 축제 분위기였다.

나는 그레이엄 바 씨 가족이 추천한 와인바를 찾아내어 한 접시의 고기와 치즈 그리고 맛있는 와인을 시켰다. 그곳에서는 함께 어울려 떠들썩하고 유쾌한 분위기에 스며들었다. 그런데 결론적으로 말하면 나는 아직도 기분이 착 가라앉아 있다는 것이다. 태생적으로 낙천적인 기질과 행복한 성향이지만, 이런 가라앉은 감정은 너무 힘겹고 당황하게 하는 것이었다. 나는 행복하지 못했다. 그리고 그것은 내 주변 분위기나 상황과는 너무 어울리지 않았다.

그런데 내게 최악이라고 가정해 보면 내 불행의 근원을 치유할 수 있는 방법이 없다는 것을 내가 알고 있는 것이었다. 시간 밖에는 답이 없을 것이다. 지금 나는 큰 태풍의 눈과 같은 감정의 소용돌이 속에 있다.

내 우울함을 치유해주는 것이 있다면 타이밍과 생각과 친절함이다.
그것은 나와 내 지인들 간의 아름답고 행복한 또 다른 보물찾기다.

생일 – 우울함과 행복

오늘은 죠지의 26번째 생일이다. 어제 나는 근래에 보기 드문 우울한 저녁을 보내고 나서, 지금 일어나보니 아직도 믿기 힘든 가라앉은 기분은 그대로였다. 그러나 나는 오늘 용기를 내서 뭔가를 축하해 주기로 결심했다.

내일이면 우리는 산티아고에서 각자 다른 길로 간다. 나는 날짜에 대해 강박감을 느끼고 있었다. 일상으로 돌아가야 하는 정해진 날이 있는 사람은 나 밖에 없었다. 그래서 제이드, 죠지와 하르트무트는 여기에 맞춰 그들의 일정을 조정했다. 내일 하르트무트는 비행기로 드레스덴의 집으로 돌아가고, 제이드와 죠지는 걸어서 피니스테레로 갈 것이다.

사랑하면 산티아고로 떠나라, 그녀처럼

원래 나는 오늘 차를 하나 빌려서 순례여정에 종지부를 찍기 위하여 지구의 끝이라고 하는 피네스테레를 여행하기로 되어 있었다. 그러나 모두가 오늘 함께 있고 싶어 하기에 아무래도 지구 끝은 나를 좀 더 기다려 주어야 할 것 같았다.

나는 피네스테레 도보여행을 위해 여름을 지나고 다시 산티아고로 오기로 했다. 이것이 아무래도 최선의 답인 것 같았다. 첫 번째 논의해야 할 것은 가까운 산 프란시스코 교회를 방문하는 일이었다. 수도사들은 기도를 하고 있었고, 젊은 오르가니스트는 연주를 하고 있었다. 아주 평화스러운 일상에 감사했다.

하르트무트가 문자로 안부를 물으면서 아침식사를 어떻게 할 것인지를 물었다. 우리는 만나서 가까운 카페로 갔다. 그러나 나는 식사를 할 수 있을지 염려스러웠고, 나만의 방법으로 커피와 크루아상 빵에다 대고 흐느꼈다. 좀 더 용기를 갖자고 내가 나를 다독이며 무척이나 노력했다. 제이드와 죠지가 합류할 때 까지 약간 기분이 나아졌고, 우리는 산티아고의 아름다운 옛 거리를 둘러보기 위해 나섰다.

산티아고 중심부는 목가적이다. 첫째, 무엇보다 거리가 모두 보행 자전용이다. 큰 광장 주변이 독특하게 큰 빌딩들로 둘러싸인 것과는 별도로 산티아고는 작은 골목들과 멋진 꼬부랑길로 휘감긴 대표적인 동네였다. 작은 바와 식당 그리고 아이스크림 가게도 있지만, 특별하고 귀여운 상점들과 갤러리들이 있었다. 길거리를 도는 코너마다 아름다운 교회도 있었다.

두 번째로, 산티아고에는 언덕이 많다. 그래서 자칫 방향감각을 잃기 쉽다. 여러 번 지나다닌 곳이라 해도 거리마다 마치 탐험을 하는 기분이었다. 우리가 그런 언덕길을 걷고 있었을 때 나는 문자 한 통을 받고는 멈춰 섰다. 도날드 쇼로부터 온 연락이었다. "수아! 다시 순례하는 것 잘하고 있네요, 대단해! 잘 들어 봐요. 오늘 나 대신 어느 곳에 좀 다녀와요. 전화해도 돼요?"

나는 도날드와 알고 지낸지가 거의 20년이 된다. 처음 그를 만났을 때 그는 글래스고에 있는 클라이드 강가의 바지선에서 공연을 하고 있었던 것으로 기억된다. 친구 캐빈 맥크라에가 주선하여 우리들이 첼로 듀엣으로 도날드의 밴드인 캐퍼캐일리와 함께 연주를 했었다. 그것은 캐빈과 함께 했던 수많은 추억 중에서 가장 소중한 것이다. 캐빈은 약 10년 전에 비극적으로 죽었다.

사랑하면 산티아고로 떠나라, 그녀처럼

내가 고든을 만나서 결혼한 이래, 나는 설명하기 힘든 우연의 일치를 보고 놀랐었다. 고든과 도날드는 스코틀랜드 서부 고원지대의 해안에 있는 항구도시인 오반에서 학교를 같이 다닌 동창생이었다. 그들은 심지어 십대 때 클라리넷 레슨도 함께 받았었다.

도날드도 지금 순례여행을 마쳤다. 그러나 자전거로 한 여행이었다. 그가 내 순례여정을 뒤따른 것이 아주 재미있었을 것이라고 생각되었다. 그래도 갑작스런 핸드폰 문자에 깜짝 놀랐다. 물론 나는 그에게 바로 전화를 걸었다. 전화를 하면서 이것이 지난 5주 동안 처음으로 우리 동네에서 온 사람과 하는 통화라는 것을 알았다.

도날드는 내가 혹시 점심 약속이 있는지 물어보려고 기다리고 있었다. 나는 그에게 사실대로 이야기했다. 오늘이 죠지의 생일이라 내 순례여행 동료들에게 점심을 한 턱 내기로 되어있는데 그들을 어디로 데려가야 할지 모르겠다고 했다. 그런 일이라면 딱 맞는 장소가 하나 있다고 그는 신이 나서 말했다.

사랑하면 산티아고로 떠나라, 그녀처럼

이렇게 대화를 주고받으니 꿈만 같았다. 마치 내가 우주에 대놓고 전화하는데 무의식적으로 답이 오는 것 같았다. 몇 분 후 다시 문자가 왔다. "수아! 16번 레스토랑에 4명을 예약해 놓았어요. 주소는 루아 에스 페드로 16번입니다. 순례길 끝나는 곳에서 약 400야드 떨어져 있어요. 2시에 가서 알바리노를 찾으세요. 좋은 시간 보내세요. 축하합니다."

내 우울함을 치유해주는 것이 있다면, 그게 바로 이것이다. 타이밍과 생각과 그 친절함 그런 것들이 순식간에 기분을 명쾌하게 고무시켜 주었다. 그것은 나와 내 지인들 간의 아름답고 행복한 또 다른 보물찾기였다.

점심 식사를 하러 가면서 우리는 어제 제이드와 죠지가 발견한 히피 상점을 찾아냈다. 착하고 재밌는 제이드 때문에 무척 즐거웠다. 그녀는 하르트무트와 나에게 맞지도 않는 옷을 하나씩 입혀주었다. 그리곤 우리는 산티아고 거리로 뛰쳐나와 그 옷을 입고 당당하게 활보했다. 그리고 얼간이 같은 사진을 마구 찍어대며 신나게 웃어댔다.

16번 레스토랑은 바깥에서 보면 있는지도 잘 분간이 안 되었다. 지나가는 나그네라면 그냥 지나칠 것 같았다. 안으로 들어서니 문들이 열리고 마치 다른 별천지로 내려가는 것 같았다. 아래층에는 사람들이 꽉 차서 활기가 넘치고 여러 행사로 바글거리고 있었다.

도날드에게 들은 대로 나는 알바리노를 찾았다. 잠시 동안 그가 얼마나 바쁜 웨이터일까를 상상해 보았다. 그러나 오래 상상하지 않아도 되었다. 바로 미소를 띤 평범한 사람이 우리에게 다가왔다. 우리는 서로의 친구인 도날드를 칭찬하는 인사를 주고받은 후 구석에 있는 우리 자리로 비집고 들어갔다.

나는 가족들이 많은 애들을 데리고 외식을 하러 나온 것을 보고 놀랐다. 아마도 부활절 주말이라 그랬을 것이다. 스페인에서는 가족끼리 식사하는 것이 일반적인데 특히 어린이는 아주 중요하게 생각하는 문화라는 것을 알 수 있었다.

사랑하면 산티아고로 떠나라, 그녀처럼

웨이터에게 추천하라고 한 점심은 지방의 가정 요리로 대표적인 음식이었다. 우리가 할 수 있는 것은 삶은 문어보다는 구운 문어로 달라고 하는 것 밖에 없었다. 구운 문어는 지난번에 먹어보지 못했기 때문이다. 우리가 두 번째 와인을 시켰을 때, 첫 번째 병은 이미 도날드가 사 놓은 것을 알았다. 나는 이렇게 한 발 앞서가는 친절함에 감격했다.

맛난 음식과 좋은 친구들 덕분에 내 우울함은 행복으로 변해가고 이 운명 같은 순례에서 나와 함께 한 사람들과의 소중한 인연에 감사함을 느끼지 않을 수 없는 시간이었다.

우리가 함께 했던 순례여행의 서사를 담은 작은 이야기책을 만들며 작별에 대한 아쉬움에 젖어
우리는 마치 내일이 없는 사람들처럼 춤을 추었다.

세상사는 이야기 만들기

우리는 졸릴 정도로 실컷 먹고 그 식당을 나왔다. 죠지와 제이드는 낮잠을 자겠다며 숙소로 돌아갔고 우리는 헤어지면서 저녁 10시에 카사 다 크레챠스에서 만나기로 했다. 나도 낮잠이 오는 것을 느꼈지만 하르트무트와 나는 죠지의 생일선물을 만드는데 집중하기로 했다.

우리는 지난주에 생일선물에 대해 의논했었다. 그 선물의 하나로 나는 지난 번 그레이엄 바 씨가 산티아고에 도착했을 때 아침 식사와 점심을 대접했었다. 그러나 이제 좀 더 개인적인 뭔가를 선물하고 싶었다. 하르트무트는 그동안 우리가 차를 끓여 마셨던 아주 귀엽고 작은 버너와 컵을 선사할 것이라고 했다.

사랑하면 산티아고로 떠나라, 그녀처럼

그래서 우리는 생각나는 것을 적어 책으로 만들기로 했다. 안타깝게도 토요일 오후라 작고 아름다운 문방구는 문을 닫아버렸다. 그러나 내가 친구 아이즐링 오데아로부터 순례여행을 위해 특별히 선물 받은 노트패드를 사용하기로 결정했다.

우리는 아이디어를 모으기 위해 우리가 즐겨 찾는 커피숍으로 향했다. 하르트무트에게 그림을 좀 그리느냐고 물었더니, 제법 그린다고 하기에 무척 기뻤다. 그가 바로 삽화 디자인 임무를 맡았다. 이야기 쪽지와 아이디어를 적기 위한 종이는 탁자에 있는 냅킨 통에서 휴지를 뽑아 사용했다. 종이는 아주 작고 어쩌면 트레이싱지처럼 생겼는데, 글을 쓰기에는 최고였다.

작업을 대충 마쳤을 때, 수도 없는 냅킨에 끄적거린 쪽지들과 빈 커피잔, 위스키잔 그리고 아이스크림콘 껍질이 가득했다. 그렇게 정신없이 선물을 만들기 위해 작업을 하고 시간을 보니 벌써 8시 30분이 되어버렸다.

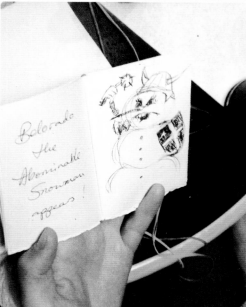

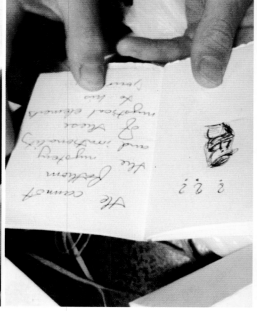

죠지에게 줄 이야기책에는 많은 증거물들과 함께 우리가 같이 했던 순례여행의 서사시를 담은 잡다한 이야기들로 채워졌다. 우리는 자랑스러웠고 약간은 지쳤지만 뭔가를 창조했다는 최고의 기분에 젖어 있었다. 난데없이 이런 것을 만들고 이루어낸 것이 놀라웠다. 심지어 제본까지도 의미가 있었다. 가까스로 노랗고 파란 리본을 동네 빵집에서 구했다. 그것은 순례여행을 상징하는 색이었다. 노란 것은 이정표의 화살표 색이고 파란 것은 길 표지를 상징하는 색이다.

우리는 아직도 친구들과 가족들에게 줄 선물을 찾기 위해 어둠 속으로 몰려 다녔다. 미친 듯이 종종걸음으로 돌아다니며 어떤 선물이 좋을까 하는 설렘에 들떠서 피곤한 줄도 모르고 거리를 돌고 또 돌아 선물을 샀다.

내가 하르트무트, 제이드 그리고 죠지에게 줄 이야기책과 선물을 다 포장하고 나니 약속한 시간보다 30분이 지나버렸다. 그런데 염려할 필요는 없었다. 내가 제일 먼저 도착했기 때문이었다. 제이드, 죠지와 하르트무트가 마지막으로 왔을 때, 나는 벌써 주인인 비토르 벨호와 함께 큰 와인 잔을 비운 상태였다.

나는 서로 간의 친구인 도날드와 제임스에 대해서 비토르와 이야기를 나누고 있었다. 도날드는 맨 처음 이 집을 소개해준 친구다. 이야기를 하다 보니 우리는 또 다른 인연이 있음을 알아냈다. 비토르는 진취적이고 열정적인 사람이다. 그가 알바리노와 함께 16번 레스토랑을 경영한다는 사실도 알았다. 그리고 옆에 작은 악단도 하나 꾸리고 있었다. 그가 이 모든 것을 하면서도 아내와 가족들이 있는 파리에서 그들과 함께 통근을 한다니 말문이 막혔다.

오늘 밤엔 비록 라이브 음악을 들을 수 없었지만, 우리가 들었던 음악들은 완벽하게 멋진 음악들이었다. 지금 여기 이 자리에서 스코틀랜드에 있는 내 친구의 음악을 듣는다는 것이 감동적이었다. 특별하게도 라우, 슈글레니프티, 그리고 케이프케일리의 음악이 나왔다.

우리는 오늘 도착한 정겨운 독일 부부인 레나와 카트리나를 만났다. 그들은 우리들이 애틋하게 주고받는 작별선물을 생생히 목격하고 있었다. 진짜 기대 되는 것은 죠지와 제이드에게 줄 이야기책을 처음으로 읽어주는 순간이었다.

그것은 정말 함께 순례여행을 한 사람이 아니면 이해하기 힘든 내용들이다. 이 이야기는 바다의 멍게처럼 또 다른 나라고 할 수 있는 절친한 사람들과 함께 동화 속 환상의 세계를 여행한 기록이다. 우리는 여행 중 했던 대화의 핵심에 대해 다시 왁자지껄하게 떠들어댔다. 야성적인 경험과 사건들도 입에 오르내렸다. 죠지가 감동을 받아 전율하고 있었다.

진짜 파티는 우리가 자제하기 힘든 상태가 되었을 때 시작되었다. 테이블 몇 개를 대충 치우고 춤을 추기 위해 작은 공간을 만들었다. 우리는 마치 내일이 없는 사람들처럼 춤을 추었다.

순례여행에서 만난 운명 같은 인연들과 모두 헤어져야만 한다.
인생이 그러하듯 만남과 이별은 동전의 양면과 같은 것이 아니겠는가.

피할 수 없는 것들

나는 너무 놀란 상태에서 깨어났다. 알람은 울리지 않았고 밖은 환하게 밝아 있었다. 바로 앞에 닥칠 최악의 상황이 두려웠다. 우리는 하르트무트가 공항으로 떠나기 전 8시 30분에 아침 식사를 하기로 되어 있었는데 전날 너무 늦게 자서 제 시간에 일어날 수가 없었다.

다행히 내가 늦잠을 잤다는 것은 나의 기우였고, 알람이 울리기 전에 일어났음을 알았다. 우리는 지난 이틀 동안에 네 번이나 갔던 그 멋진 커피숍으로 다시 갔다. 죠지의 선물을 만든다고 많은 시간을 여기서 보낸 것을 다시 말해 무엇 하겠는가. 옛정을 생각하면서 우리는 핫초코에 럼주를 한 잔 했다.

나는 우리가 있는 커피숍 아래 빵집에서 부활절 달걀을 살 수 있었다. 부활절 달걀을 사고 나니 이별의 슬픔 보다는 다시 축제의 분위기가 되어 마치 축제를 하는 것처럼 모두가 즐거운 기분이 되었다.

맛있는 식사를 하고 하르트무트의 짐을 싸놓은 숙소로 갔다. 짐은 무척이나 커 보였다. 하르트무트가 바르셀로나에서 하룻밤 묵었을 때 그는 아주 센스 있게 여행용 짐을 새로 산 산티아고 가방에 쌌었다. 지금 이 짐은 그것과 비교하면 재미있게도 아주 작았다.

우리는 버스 정류장으로 가는 마지막 길을 걸었다. 그 길은 가파른 언덕으로 시작되었고, 나는 갑자기 며칠 전 절망적이고 피곤한 상태에서 이 길을 겨우 올라갔던 생각이 나서 그 순간으로 다시 돌아 가 보고 싶은 충동이 일어났다.

나는 하르트무트에게 지팡이를 꽉 쥐라고 했다. 그는 처음에 약간 놀란 듯한 표정이더니 이내 재미있고 믿기지 않는다는 표정이 되었다. 결국 그는 웃고 말았다. 그는 지팡이를 내밀고는 편안한 상태로 눈까지 감고서 언덕 위로 끌어당겨 달라고 몸을 내맡겼다.

그가 짊어진 짐을 생각하면 이것이 내게는 보통 일이 아니었다. 나는 여태 걸었던 것보다 가장 느린 행보로 걸어갔다. 이런 광경을 보고 제이드와 죠지가 웃음을 터뜨리며 따라 올라왔다.

나는 내가 최선의 노력을 다 했다고 생각이 들 때까지 계속했다. 숨이 가빠서 헐떡거렸고 허파가 폭발할 것만 같았다. 800km를 걸어왔다고 생각하니 몸은 한계점을 초과해 너덜거렸고 말이 아님을 느끼고 있었다.

그러나 멈추어 서고 나서 일분이나 이분 정도 지나면 터질 것 같은 허파와 숨 막힘이 정상으로 돌아옴을 알고는 아주 신기했다. 나는 비로소 깨달았다. 이것은 건강의 개념이 뭔지 확실히 보여주는 것이다. 건강은 우리가 뭔가를 할 수 있는가의 문제가 아니고, 우리가 뭔가를 한 후 얼마나 빨리 회복하느냐의 문제인 것이다.

우리들이 앉아서 하르트무트의 공항버스를 기다리는 동안 그의 여행용 가방에 대해 곰곰 생각해 보았다. 그것은 아이들의 운동 가방처럼 생겼다. 거기에는 비틀즈의 '에비 로드'라는 앨범 아이콘을 패러디한 글자가 새겨져 있었다. 다시 보니 그것은 '산티아고 로드'에 서있는 네 명의 순례자들이었다.

우리는 그들 네 명에게 각자의 사인을 하기로 결정했다. 하르트무트
는 '거북 인간'으로 나는 '스튜어트 리틀'로 하고 죠지는 '까미노 죠'
그리고 제이드는 '파텔라피디 밤'으로 하기로 했다. 버스는 정시에
왔고, 우정 어린 작별인사를 하고는 그는 갔다. 이제 우리는 세 명
만 남았다.

하르트무트가 없는 것이 실감이 났다. 이 사실을 잊기 위해 제이드
는 지난번 처음 우리가 산티아고에 도착한 날 저녁에 내가 참석하지
않았던 거대한 모임이 있었던 장소를 다시 찾아 가기를 원했다. 웨
이터는 우리를 기억하고 있었고 아직 문을 열 시간이 좀 남았는데도
안으로 들어오라고 했다.

마지막 점심을 무엇으로 주문할 것인지는 아주 간단했다. 문어, 대
합조개, 그리고 양 치즈샐러드에 이 지방의 와인을 시켰다. 결국 우
리가 이미 파챠란 와인을 주문할 수 있는 지역을 벗어났을 알았지만,
그럼에도 불구하고 우리는 그것을 주문했다. 그들이 어렵게 한 병을
구하여 우리에게 주었을 때, 우리들 기쁨은 최고조였다.

사랑하면 산티아고로 떠나라, 그녀처럼

그러나 누구도 어찌할 수 없는 이 일을 미룰 수는 없었다. 내 친구들과 산티아고와 순례여행과 그리고 순례여행에서 만난 운명 같은 인연들과 모두 헤어져야만 한다. 눈물 없이 헤어질 수 없었지만, 그것도 어쩔 수 없는 일이었다. 인생이 그러하듯 삶이 그러하듯 만남과 이별은 동전의 양면과 같은 것이 아니겠는가.

나는 헤어짐의 아픔에서 헤어나기 위해 빨리 잠들어 버렸고 비행기가 사뿐히 이륙하는 것도 몰랐다. 그 다음 내가 알아차린 것은 비행기가 착륙하여 에든버러로 돌아온 것이었다. 그리고 나는 또한 알았다. 나의 내면에 큰 변화가 생긴 것을…….

나는 이 순례여행이 진정 시작이자 끝인 줄 알았다. 그러나 이것은 새로운 시작이었다.
나에게 일종의 환골탈태가 일어났기 때문이다.

집으로 돌아오는 비행기는 더블린을 경유하기로 되어 있었다. 내가 원래 생각했던 것처럼 그 스케줄은 일상으로 돌아와 적응하는데 시간을 벌게 해 주어서 좋았다. 그리고 5개월 전에 예약을 할 때 보너스로 더블린에서 고든의 여동생과 가족들을 만날 수 있게 되어 있었다.

비행기를 갈아타는 시간은 약 4시간이었으며, 에든버러 행은 늦은 시간에 있었다. 그래서 나는 아늑한 코너에 앉아 더블린의 공항이 문을 닫는 시간을 바라보아야 했었다. 기네스 흑맥주 한 잔을 앞에 놓고 순례여행의 추억을 더듬어 보았다.

나는 곧 일상으로 돌아왔고, 이 모든 순례여정이 꿈이 아니었던가 하는 생각이 들었다. 얼마나 가치 있는 경험인가! 나는 그것 때문에 생명을 연장한 것처럼 느껴졌고, 그리고 번개처럼 끝난 것을 알았다. 궁극적으로 이 순례여행이 계속되기를 바랐다.

사랑하면 산티아고로 떠나라, 그녀처럼

이 모험의 시작에서 내가 무엇을 느꼈을까를 돌이켜 생각해 보았다. 다시 출발점에 돌아와서 보니 고든이 생전에 세웠던 자선기금모금 기록을 경신하여 더욱 놀랐다. 내 가슴에는 앞으로 펼쳐질 미지의 길에 대한 나비들로 가득 차 있었다.

나는 이 여행을 통하여 이루고자 했던 것들을 생각해 보았고, 그 중에 어떤 하나라도 성취했는지 의문을 가져보았다. 대체로 나는 욕망이나 목표로부터 멀리 벗어나기를 원했었다. 그것의 아름다움은 내가 비행기를 타고 집으로 돌아오는 것 보다는 어떤 시간적 제약도 없는 순수한 여정 그 자체에 있었다.

비록 고든과 함께 보낸 짧은 시간들이었지만 수많은 사건들이 일어났던 순간들을 상상 속에서 다시 체험해 보고 싶어 나는 귀한 시간을 보내기로 희망 했었다. 모든 것이 그렇게 빨리 지나갔다. 순간적인 느낌과 사건들, 결정해야 하는 것들, 우연히 일어난 일들, 순례여행, 그리고 즐거웠던 기억과 슬펐던 기억들도 그렇게 빨리 지나갔다.

그리고 나서 정말 설명할 수 없는 우연의 일치가 일어났다. 나는 우리의 결혼 1주년 기념일에 순례여행을 시작한 것이었다. 내가 비행기 표를 예약했을 때, 다른 일에만 신경을 써서 내가 도보여행을 출발하는 날짜의 중요성에 대해서는 별로 신경을 쓰지 못했었다. 그 우연의 일치를 알게 된 때는 그 후 세 달이 지나서였다. 그 우연의 일치는 나를 내리쳤고, 내 가슴은 단단한 화살에 맞은 것 같았다.

나는 지금 내가 만났던 여러 부류의 사람들을 생각한다. 평생 사귀고 싶은 친구들과 길에서 본 믿을 수 없었던 환상들을 떠올리며, 우리들의 참신한 대화와 대답할 수 없는 질문들, 그리고 함께 웃었던 건강한 웃음을 생각한다. 지금 우리 여정의 맨 끝자락에서 이것이 새로운 시작이 아닌지 묻고 있다.

작년에 나는 파울로 코엘로의 책 '순례'를 읽은 적이 있다. 그 책은 나를 무척 고무시켰다. 그 책의 마지막 부분에 있었던 핵심적인 말이 기억난다. 그것은 틱낫한 스님의 '즐거움으로 가는 머나먼 길'이라는 책에서 따온 것이었다. 지금 그 말들이 더욱 귓가에 쟁쟁하다.

1) 그대는 이미 도착해 있다. 걸음걸음 마다 기쁨을 느낄 뿐, 그대에게 다가올 앞으로의 어떤 일도 걱정하지 마라. 우리 앞에는 아무 일도 없다. 다만 순간순간 즐겁게 여행해야 할 길이 있을 뿐이다. 우리가 순례자의 명상을 할 때, 우리는 항상 거기에 있다. 우리의 고향은 지금 이 순간일 뿐, 그 이상도 그 이하도 아니다. 그대의 만족함을 드러내기를 두려워하지 말라.

2) 그렇기 때문에 걸어가면서 항상 웃어라. 억지로라도 웃고, 때로는 말도 안 되는 상황이라도 웃어라. 웃는 것에 익숙해지면 끝내 행복이 온다.

3) 그대 앞 어딘가에 평화와 기쁨이 있다고 생각되면 그것을 쟁취하려고 하지 마라. 그것들을 그대와 함께 여행하는 친구라고 생각하라.

4) 그대가 걸을 때, 그대는 대지를 어루만지며 경의를 표하는 것이다. 똑같은 이치로 대지는 그대의 마음과 몸이 조화를 이루게 도와준다. 이러한 관계를 이해하고 존경할 수 있도록 노력하라. 그대의 발걸음은 사자의 강인함이 되고 호랑이의 고상함이 될 것이다. 그리고 황제처럼 근엄하게 될 것이다.

5) 그대 주변에 어떤 일이 일어나는지 주의를 기울여라. 그리고 그대의 호흡에 집중하라. 이것이 그대의 여행 중에 따라 올 문제점들과 걱정들을 제거해 줄 것이다.

6) 그대가 걸을 때, 그대는 단지 움직이는 존재가 아니다. 그대는 과거와 미래의 세대들이다. '현상계'에서는 시간이 측정 가능하지만, 진여의 세계에서는 지금 이 순간 외에는 아무 것도 존재하지 않는다. 이미 일어난 일이나 앞으로 일어날 일들은 그대가 걷는 걸음걸음에 달려있다는 사실을 명심하라.

7) 그냥 즐겨라. 순례의 명상을 끝없는 나 자신과의 만남으로 만들어라. 그것을 대가를 바라는 고행으로 생각하지 마라. 그대의 발걸음이 닿는 곳은 어디나 꽃이 피고 열매가 맺을 것이다.

내가 최종적으로 비행기를 탔을 때, 나는 이미 잠들어 비행기가 이륙하는 것도 몰랐다. 그 다음에 안 것은 에든버러에 도착한 것이었다. 나는 이 여행이 진정 시작이자 끝인 줄 알았다. 그러나 이것은 새로운 시작이었다. 나에게 일종의 환골탈태가 일어났기 때문이다.